Les Douleurs Premières

Julien Birban
Les Douleurs Premières

Roman

Éditions Héloïse d'Ormesson

ISBN 978-2-35087-821-8

Éditions Héloïse d'Ormesson
92 avenue de France, 75013 Paris
www.editions-heloisedormesson.com

#lisez engagé !
www.lisez.com
Pour plus d'information :
Imprimé sur du papier issu de forêts gérées durablement.

1 /

Un jour je fermerai les yeux et le monde les cherchera pendant des siècles. Il demandera peut-être où je suis partie, je claquerai la langue et je lâcherai juste *loin de toi.*

Mais je vous garde ça au chaud pour la fin, parce que le grand départ, la grande ankylose, c'est pas pour aujourd'hui. Toute ma vie je suis restée bien réveillée après tout, à collectionner les insomnies comme si j'avais des pièges à rats sous les paupières. Bien réveillée et en mauvaise compagnie, debout jusqu'à racler le lendemain parce que mes parents me disaient de pas le faire quand j'étais gamine. Mes parents qui auraient préféré une vie sans moi, mes parents qui m'avaient cassé la clavicule à force de me bousculer, mes parents qui avaient dit au docteur que j'étais tombée en jouant au foot avec mes copines, alors que je connaissais pas les règles du foot et que j'avais pas de copines, mes parents qui étaient pas les pires du monde mais qui auraient voulu avoir un garçon et qui se retrouvaient avec deux filles et savaient pas quoi en faire, alors ils nous chahutaient un peu trop fort ma grande sœur et moi, et ils disaient qu'on était laides, pas méchamment, mais ils pensaient qu'on était laides, ma sœur et moi, alors ils le disaient. Dans la vie d'après à Paris je restais éveillée le plus tard possible contre eux, contre tout ce qu'ils étaient. Eux qui aimaient tant le matin, eh bien qu'ils le gardent.

Pour l'instant je cogite, accroupie sur le balcon minuscule. J'échafaude les détails pour que vous compreniez bien ce que je vais vous dire, je veux pas vous perdre en chemin. Là tout de suite il y a un souvenir qui me vient, vif mais léger, vraiment léger, ça tient pas la route, ça reste pas, ça colle pas aux semelles. Les souvenirs sont souvent comme ça chez moi. Des petits couteaux en carton, des baïonnettes en papier mâché. Ça va pas me tuer mais ça me menace quand même, pour voir. Je suis une fille alors les agressions et les menaces, ça va je connais. C'est pas un souvenir qui va me casser en deux.

Dans le souvenir je suis habillée en blanc. Une robe blanche, de la dentelle, un truc de princesse mais qui m'a rien coûté, à l'époque j'avais pile assez d'argent pour m'abonner aux pâtes au beurre. Avec cette robe j'ai cinq ans de plus et un compte en banque d'héritière des campagnes, ça a de l'allure, mais ce n'est que savoir-faire, savoir-mentir, savoir-jouir. Je l'ai choisie pour ce qu'elle cache et surtout ce qu'elle cache pas. J'ai toujours su ce qui plaisait aux hommes. Mes yeux, ma bouche, mes doigts, mes hanches, mes seins. L'équation est tellement simple. C'est bon signe. Il y avait ce matheux qui m'aimait, il m'avait dit *en mathématiques, si la démonstration est belle, elle a plus de chances d'être juste*. La mainmise de la beauté sur le monde m'a coupé le souffle. J'en revenais pas. Mes lèvres ont dessiné un O, je devais pas avoir l'air bien futée sur le moment. Lui, il a pris ça pour une gêne, un remous que le désir lançait dans mes nerfs, une douceur muette de lycéenne, et il m'a embrassée. La dentelle blanche se froissait sous ses mains rêches et sûres. Je ne l'aimais déjà plus. Il s'en est jamais aperçu. Les hommes ils ont le pouvoir, ils ont les banques, ils ont l'Assemblée nationale, mais au niveau de l'instinct ça barbote bien en dessous du seuil de pauvreté.

Le souvenir s'éteint. Je somnole une minute, la tête contre la rambarde. Plein jour. Midi. Abolition des ombres. La rue sous le balcon est éclatée par le soleil. Il fait lourd, j'ai du béton dans le cœur. Je m'endors. Une minute. C'est tout. Le minimum syndical du sommeil, juste pour dérober mes pupilles à un univers qui les mérite pas, un univers sale, un univers de fin de soirée.

Toute ma vie les garçons ont parlé de mes yeux, et pourtant aucun n'a essayé de les voler. Pourtant l'amour, ce serait ça, non ? Faire en sorte d'être le dernier sur qui mes yeux se posent, puis un soir les livrer au marché noir. Mais non, personne n'a voulu m'éborgner, je trouve ça navrant. L'amour c'est toujours plein de péages. Les amours sans péages ça existe peut-être mais moi je connais pas. Pas très fine peut-être, pas assez vieille sûrement.

Pas vieille mais ça m'empêche pas d'y voir clair. J'ai déjà fait le tour, j'ai fait la roue, j'ai vu ce qu'il y avait à voir. Je suis pas vieille mais je suis une grande. À la rigueur je voudrais rester pour assister à la fin du monde, ce serait chouette d'être là pour la grande comédie. Mais j'ai pas envie d'attendre, toute ma vie les gens m'ont dit d'attendre, bien sage, pas contrariante, en me répétant *fais-nous confiance, on est tous dans le même navire*, alors que pas du tout, ils sont dans des yachts à compter les tranches de prosciutto et moi je suis dans une barque en zinc qui prend l'eau, alors j'ai pas envie d'attendre, j'ai plutôt envie de faire des doigts d'honneur aux cadors et de débarrasser le plancher fissa.

C'est ce que j'ai fait, j'ai débarrassé le plancher, je suis venue tout dire ici. Sortez les carnets. Inscrivez votre numéro de téléphone sur la première page au cas où vous perdiez le calepin dans le métro. Règle de base, ça. Et puis prenez des notes, faites des dessins dans les marges, faites ce que vous voulez. Serrez les dents parce que ça va cogner un peu, ça va tacher le formica. Et servez-vous un verre, vous allez quand même pas me lire sobre.

Tiens, même si Dieu existait et se tenait là devant moi avec son tee-shirt Joy Division, s'il me demandait ce que je suis venue raconter ici loin de Paris, je lui dirais *mais attends mec, faut écouter jusqu'au bout, faut prendre tes petites notes comme tout le monde. Je veux tout changer, la mort et l'amour surtout, les gens se fourvoient complètement, il faut que je les prévienne, que je les éduque, Don Juan version moderne, plus fragmentée, plus brisée aux vents, plus claquante*. Il me demanderait *changer l'amour en mieux ou en pire ?* et je répondrais *tu plaisantes j'espère, ça peut pas être pire*. Alors bien sûr l'amour on y croit plus depuis un moment déjà, on est au vingt et unième siècle et on est pas débiles, on sait bien qu'il vaut mieux éviter de s'engager sur ce terrain-là, parce que s'aimer c'est se tabasser le cœur. On s'en sort bien mieux à se donner à qui on veut quand on veut, et puis à penser à autre chose le reste du temps. Histoires simples, horizontales. Ma grande sœur disait *on dit pas coucher à droite à gauche, on dit papillonner*, si tu veux, si tu veux, grande sœur, on couche pas, on papillonne. Je suis pas sûre qu'on ait le droit de dire ça à Dieu, mais je tenterai quand même. De toute façon c'est pas comme si j'avais une carte de fidélité de la miséricorde.

Que ce soit à Dieu ou au gérant du bar en bas, j'hésiterai pas, je répondrai la même chose, je dirai je vais parachuter deux ou trois vérités, tu vas sentir un truc cliqueter derrière la nuque, ça va te déplacer une vertèbre ou deux, mais il va falloir m'écouter jusqu'au bout, ça fera mal souvent mais tu verras on va t'offrir une issue, une belle issue, comme quand le papier froisse sous le doigt, comme quand le glaçon tourne dans le verre, comme quand la prison c'est fini. Tu vas voir comme tout se goupille et s'encastre. Il y a des histoires d'amour faites pour ceux qui n'y croient plus.

De mon balcon je vois un petit bout de mer, petit triangle isocèle d'infini, immense rien du tout. La mer et l'espace, ça me rappelle à l'ordre, ça me dit mon impermanence, ça dit à la colère de la fermer. J'aimerais pouvoir faire l'amour à la mer et enfin me sentir dominée, déliée et pétrifiée. Il faut pas de tout pour faire un monde. Il faut un peu de colère et beaucoup de tristesse. Le reste, c'est de l'assaisonnement.

Je suis arrivée ici lundi dernier, mais j'ai déjà paumé le nom des jours. En une semaine je suis devenue floue. Et si ça sonne comme une énième crapulerie de la vie, en réalité c'est une bonne nouvelle.

Il n'y a aucune raison de m'être barrée ce jour-là et pas un autre. Partir lundi ça sonnait bien, c'est tout. J'ai quitté Paris à l'aube, lundi six heures trente, la gare de Lyon et ses grands filets gris tendus sous le toit, l'insolente odeur de café qui surgit des cabanes à sandwichs, l'aube qui se penche vers nous là-bas au bout de la voie G, et dans les haut-parleurs la voix douce d'une femme qui n'existe pas. J'avais pas fermé l'œil de la nuit, j'ai pris un train jusqu'à Nice, ensuite un autre jusqu'à Imperia.

Dans le Paris-Nice, en face il y avait un petit mec de bonne famille qui tripotait son ordinateur. Jeans et mocassins, chemise bleu clair et pull bleu foncé enfilé autour des épaules, avec les manches qui font un petit nœud devant, traduction *j'ai le droit de dire des trucs de gros facho parce qu'ils le font tous à la télé et puis mon papa est avocat*. On était assis dans ce que la SNCF appelle les *carrés famille*, sans aucun doute l'invention la plus stupide de l'histoire des chemins de fer. Après quelques minutes il s'est penché un peu en avant pour croiser mon regard. Je me suis dit que les gosses de riches on leur avait jamais appris à garder leur position. Faut toujours qu'ils débordent.

– Bonjour.

– Bonjour.

– J'ai une question cruciale.

– Allez-y, si c'est crucial.

– Qu'est-ce qu'une fille aussi jolie que vous va faire toute seule dans le sud un lundi matin ?

Il avait l'air fier de lui. Pauvre type.

– Quand on veut tester la résistance des moteurs et cockpits d'avion aux collisions avec des oiseaux, on y projette des poulets, à l'aide d'un canon à poulets. Donc il a fallu bâtir des immenses hangars équipés de canons à poulets.

– Mais pourquoi vous me dites ça ?

– Ah pardon, je croyais qu'on disait des choses qui n'ont aucun rapport, exprès. Vous me dites que je suis jolie, et que pourtant je vais toute seule dans le sud, comme si ça valait le coup d'être relevé, donc je me suis dit…

– Ça va, j'ai compris.

– Les poulets sont morts.
– Pardon ?
– Au moment d'être mis dans le canon à poulets, le poulet est déjà mort. On est pas des sauvages.

Il a recommencé à taper sur le clavier, un peu rageusement cette fois. Huit chances sur dix que son travail soit immoral, voire calamiteux pour le futur de notre civilisation. Neuf chances sur dix que le mec fait au moins un truc dégueulasse, genre chasser le chevreuil ou toucher sa cousine. Dix chances sur dix que ce type-là ne sert à rien. Les paris sont ouverts. Quelques minutes plus tard il est allé au wagon-bar, où il a passé le reste du voyage.

Le train vers Imperia était mieux. Une sorte de vieux train avec un intérieur plaqué bois et des affiches calées au scotch. Des filets tendus au-dessus des sièges pour les bagages. J'étais presque seule dans le wagon. Quand les parois de pierre le long du chemin de fer laissaient place à des bosquets, la mer apparaissait par surprise. C'était beau comme une série de diapositives.

Mais Imperia, je l'ai compris direct dans la gare, ça ressemblait encore trop à Paris, il y avait des escalators, des écrans de télé et des distributeurs de canettes. Pas possible. Moi je voulais une ville sans rien alors j'ai repris un train jusqu'ici, la gare ressemblait à un cagibi, j'étais contente. Puis j'ai marché au hasard. J'ai passé la première nuit dans un hôtel qui sentait l'amande, le lendemain j'ai trouvé cet appartement, je l'ai loué pour deux mois. Après on verra. L'important c'est de dire tout ce que j'ai là, coincé dans la gorge, puis de plier ma mission en deux-deux. Et aussi de me délester de ce trop-plein de grogne, mais je dois dire que ça marche pas vraiment, j'avance toujours les nerfs tendus et les dents qui grincent à en réveiller les voisins. La vie m'a demandé de la fermer et d'avaler, et je l'ai fait, et puis un jour j'ai plus su le faire. Gentille fille mais pas trop non plus. J'ai mis deux-trois fringues dans une valise et je me suis barrée.

Dans cet appartement tout est soit fissuré soit hors d'usage soit périmé. Les volets peints en bleu sont totalement éclatés, ils perdent des lattes entières, moi je les aime d'autant plus qu'ils servent à rien. À travers, la lumière vient en grandes traînées jaunes lécher le carrelage épuisé. Pendant la journée j'évite la chambre et la salle de bains, je reste dans la cuisine, avec son balcon de pacotille. Les murs verts sont coupés en leur milieu par un papier peint usé, parfois criblé de clous d'où pendent des ustensiles de cuisine, me demandez pas de les nommer. La cafetière est placée au centre du plan de travail, comme si tout menait au café. Autour de la table et sa toile cirée rouge cerise tachée, deux chaises en bois bancales. Une seconde table, plus petite, superflue, couverte de guides touristiques et cartes de visite de restaurants, traîne dans un coin. Un vieux frigidaire qui vibre. Des contenants transparents : sel, sucre, romarin, et quelque chose qui ressemble à de la semoule. Sous les pieds, le sol passe du froid au brûlant, d'un pas à l'autre. Faut pas être frileux. Le regard est constamment attiré vers le balcon, martelé de soleil, avec à peine la place de se tenir debout. De là on voit tous les toits du village. Des antennes, des tuiles, des dalles claires en guise de terrasses. Rideaux qui pendent entre les fenêtres ouvertes, invitations laborieuses lancées à un vent qui viendra pas. Une grande colline à droite autour de laquelle les nuages se regroupent en fin de journée, armada pour rien.

Ici en haut de la *città alta*, on entend pas de moteur, y a que l'éclat de l'italien qui rapplique dans ma cuisine en ricochant. Faut dire que la petite place en contrebas fait caisse de résonance alors j'entends tout. Les disputes des vieux couples, les couverts sur la porcelaine, le linge qui claque sur une corde, les ventilateurs qui bourdonnent, j'entends même l'huile d'olive sur une poêle quelque part effleurer l'ébullition comme on effleure la mer du pied. C'est dimanche, c'est août écrasé et sec, et le village baisse la garde. Je partage pas, je prends tout.

J'imagine les voisins heureux. L'espoir qu'on a pas tous eu le cœur détérioré dès le départ c'est le *sine qua non*, c'est les petites choses qui guérissent, comme garder la couette à portée de main au cas où il fasse frais dans la nuit.

Je comprends quelques mots d'italien, ça me suffit, appris il y a quatre ans pour faire plaisir à Enrico, un Italien qui me faisait l'amour entre deux services au restaurant où on travaillait à Belleville. Il était rapide, efficace, et sa barbe piquait quand il fallait. C'est comme si elle était taillée exprès. Je me demande si Enrico vit toujours à Paris et si sa barbe sert toujours à la même chose, mais avec une autre fille.

J'ai souvent perdu espoir, pour de bon, un truc qui te racle les poumons et te casse le coccyx. Comme Enrico, il y a parfois eu un garçon pour me tenir debout. Aujourd'hui je tiens debout toute seule, et je suis venue exprès là où personne ne connaît mon prénom. Je suis juste une fille. Pas de bol, je suis née du côté qui morfle.

C'est commode d'être quelque part où je comprends si peu ce que les gens se disent. C'est un joli couvercle, ce silence. L'adieu au langage, quoi. J'ai trop parlé dans cette vie de toute façon. Remarque, je parle pas trop mal. Sans savoir pourquoi, fabriquée au creux d'une famille lamentable, dans la génération la plus conne de toutes, dans un monde qui pense en nombre de vues, en pouces vers le haut et en taux de croissance, et moi là au milieu qui m'obstine à parler bien, comme si ça allait m'aider. Sans raison. Il y a pas de raison pour ça, ça arrive, c'est tout.

Le problème c'est que mes pensées me laissent pas tranquille. Elles saccagent. Rien à faire face à ce constat sinon les lâcher en flot brutal et à l'inverse du sens du vent. Alors je suis venue ici. J'étais à peine arrivée dans cet appartement, j'ai su comment la raconter, mon histoire. Et la leur aussi. Après tout une histoire c'est toujours une ode aux absents, à ceux qui ont su faire du boucan, brûler les barricades et quitter les lieux. Les histoires appartiennent aux bandits. J'y arrive, j'y arrive. Ça tremble. Il y a ce branle qui devance la parole et tire le sol devant moi comme un appel d'air. Je décoche, je décroche, je me lance.

Je vais passer vite fait sur les premières années parce que l'enfance c'était rien de plus qu'un préliminaire ingrat, et je prends pas trop de risques en disant qu'il s'y est rien passé de bien. Pour certains l'enfance c'est mignon. Pas chez moi. Mauvaise pioche. Ma seule chance c'est d'avoir eu ma grande sœur, que je suivais comme son ombre à travers ces années-là. C'était pratique d'avoir une marche à suivre. Que ce soit une marche dans le bon sens ou pas je m'en foutais, puisque c'était la seule personne qui m'apprenait des trucs, la seule qui me tenait la main, la seule qui me faisait des tresses, la seule qui me rappelait de me tenir droite pour avoir l'air d'une grande, la seule qui me donnait des cigarettes, la seule à table avec moi, la seule qui avait pensé un jour *et si on s'intéressait un peu à celle-là*.

On est toutes les deux nées dans le no man's land émotionnel qu'est le sud-ouest de Paris. Quartiers qui racontent que dalle. Grand bruit blanc. Nos parents non plus ne nous parlaient pas. Ça laissait beaucoup de place pour cogiter et faire des conneries.

Ma sœur avait décidé que jouer dans les couloirs des stations de métro était la meilleure chose à faire le week-end. Pour elle c'était le meilleur de Paris, un concentré opaque et vrai. Elle disait *tout Paris prend le métro sauf les gros bourgeois, cette plaie*. Je comprenais pas, j'acquiesçais en serrant les poings, *ouais, gros-bout-de-joie*. On y passait des journées entières. On essayait d'imaginer la vie des passagers, de deviner si le prochain client au guichet serait petit ou grand, blond ou brun, on cherchait des passages secrets. On montait dans les métros. On courait d'une rame à l'autre pendant les arrêts, on se jetait dans le train quand l'alarme de fermeture des portes sonnait. On se retrouvait à l'autre bout de Paris, on était tellement loin de nos parents, on lisait *Ménilmontant*, *Télégraphe* ou *Lamarck-Caulaincourt* à haute voix, l'exotisme était total. Pourtant on sortait pas. On repartait dans l'autre sens jusqu'à notre station, et on rentrait chez nous, épuisées et comblées. On faisait le tour de Paris sans rien en voir, on glissait sous ses monuments sans le savoir. Taupes à franges ni pauvres ni riches, juste curieuses et pétries d'abandon.

On rentrait les mains noires de crasse, nos parents étaient contents, ils pensaient qu'on était allées faire du sport quelque part. Ils voulaient des garçons, et c'est seulement à l'adolescence qu'ils ont capté qu'ils s'étaient plantés. Jusque là ils faisaient comme si de rien n'était. Chaque Noël apportait une voiture téléguidée ou un ballon de basket. Heureusement, ils oubliaient nos anniversaires. Je crois pas avoir une seule fois joué avec un cadeau de mes parents, ça partait direct dans le placard près de mon lit. Sauf un : un pistolet à billes que j'avais donné à un garçon en échange d'un baiser. J'aime bien ça, que mon premier baiser rentre dans la catégorie *recel d'armes*.

L'absence de garçon dans sa progéniture était une source de désespoir chez mon père, pour qui l'existence de la femme sur la même planète que lui semblait intolérable. Ma mère était pardonnée de justesse, peut-être parce qu'elle ressemblait tant à un homme. Peut-être parce qu'elle existait de justesse aussi. Rien ne l'excitait, rien ne la révoltait, tout coulait sur elle, sans accroc, sans conséquence, comme l'eau dans l'évier.

Ma sœur avait caché sa puberté avec brio, elle avait pas envie qu'on l'emmerde à la maison. Elle mettait ni robe ni jupe, elle fronçait les sourcils et faisait oui de la tête quand mon père parlait de *ces sales gonzesses*. Mais moi ça commençait à se voir que j'étais une fille. C'était pas forcément les seins, qui ont eu le bon goût de rester petits, mais plutôt mes lignes de hanches, mes mains, et puis ma silhouette tout entière en fait. J'aurais dû faire comme elle, mâcher des chewing-gums et regarder des films d'action. Mais j'y arrivais pas, ça me dépassait tous ces gens qui se tiraient dessus dans les films, je me demandais pourquoi ils passaient pas plutôt leur temps à boire et s'embrasser sur les ponts, ce qui, à l'époque, m'apparaissait comme ce que la vie d'adulte promettait de meilleur.

Il y avait dans l'effacement de ma sœur une intelligence incroyable, l'intuition folle que mes parents avaient jamais voulu de nous et qu'il fallait qu'on fasse profil bas jusqu'à pouvoir se casser à l'autre bout de Paris, là où il y aurait des hommes qu'on pourrait embrasser sans avoir à offrir de pistolet.

Ma sœur, elle voyait déjà des garçons, ils séchaient les cours en début d'après-midi et allaient pratiquer l'horizontalité dans notre appartement vide. Nos parents travaillaient dans la même boîte, ils partaient et rentraient ensemble. Pratique quand tu voulais les éviter, ce qui était notre cas. Ma sœur me racontait ses ébats, les garçons qui étaient pas mal, ceux qui étaient franchement minables. Je prenais des notes. Puis j'ai voulu commencer à sortir aussi, à donner un peu de moi au monde. Je l'ai annoncé à mes parents, je voulais pas le faire en sous-marin. J'aurais mieux fait de la fermer. Ma sœur et moi on a passé les deux années suivantes à gérer la frustration de nos parents qui savaient pas quoi faire de ces deux filles-là sous leur toit. D'autant plus que, contrairement à ce qu'ils avaient décidé, on était plutôt mignonnes, les garçons nous tournaient autour. On avait pas besoin d'exécuter des triples saltos arrière pour attirer les regards. On a appris à amortir les coups et cacher nos hématomes. C'est fou comme ça fait moins mal quand on sait où se faire frapper, vers quel meuble se faire balancer. Tomber contre la table c'est dommage quand on peut tomber sur le coin du canapé. Il était pas méchant notre père, juste perdu et un peu con.

Mes parents ils avaient fait des enfants parce que c'est ce que la télé et les magazines leur avaient dit de faire. D'une certaine façon c'est tragique. Ils auraient été plus heureux sans nous, d'ailleurs ils nous le disaient, en général au réveil. C'est là que ma sœur a eu cette idée de génie, elle a proposé qu'on ait un appart pour nous deux, comme ça on arrêterait de leur endommager le cerveau et papa pourrait construire une salle de muscu, de bricolage ou un autre truc de mec dans notre chambre. Ils ont dit oui, direct, ils ont même pas fait semblant d'être tristes. On a fait deux-trois aller-retours sur la plage arrière de la Skoda paternelle pour apporter nos affaires dans une chambre de bonne placée exactement à l'autre bout de Paris, plein nord, vue imprenable sur les bouchons du périph', on leur a promis de venir les voir chaque dimanche, on y est allées trois fois en un an, puis plus du tout. La vie avait commencé, on avait autre chose à faire et eux aussi.

C'était une vie rafistolée, mais une vie quand même. Depuis ce jour-là j'ai eu tous les métiers de la Terre, à l'exception de ceux qui m'auraient plu. J'ai été hôtesse dans le restaurant d'un hôtel de luxe du premier arrondissement où on m'apprit d'emblée à placer les gens trop bronzés ou trop prolos bien au fond de la salle. J'ai été serveuse dans un bar à bière, agent de propreté dans un aquarium, gardienne de nuit dans une entreprise dont j'ai jamais su la fonction, guichetière au théâtre, rédactrice de pamphlets trotskistes, réceptionniste dans une salle de gym, vendeuse de chapeaux, vendeuse de fruits et légumes, vendeuse de sous-vêtements, et actrice dans deux films à la suite de castings sauvages dans le quartier, films qui n'ont été vus par personne, à raison. Tout ça s'est fait par accident. J'ai jamais eu d'argent, mais j'ai pas l'impression que ça m'aurait rendue plus heureuse d'en avoir. C'est pas franchement la gloire, cette vie, et pour tout dire le monde entier me brise le cœur, par élan, comme une rage de dents. Mais même pauvre, même soûle, même abattue, même fragmentée, j'ai suivi une route pavée d'ébahissement perpétuel, et puis tête haute quoi, toujours, à ignorer les grands courants.

Les soirs d'orage, ça résonnait sous le toit et ma grande sœur me prenait dans ses bras. Les toilettes étaient sur le palier, il fallait que l'une de nous fasse le guet devant la porte. On était heureuses dans cette chambre de bonne. On y a habité deux ans. Ma sœur accumulait les petits boulots pas très clairs vers Pigalle, ça payait le loyer. Nos parents avaient promis de nous envoyer deux cents balles par mois pour qu'on se nourrisse, ce qui devait représenter un acte héroïque à leurs yeux. Deux cents balles pour ces gamines qui n'avaient jamais apprécié à leur juste valeur les chips au paprika devant un match de la Champions League ? Faut pas déconner.

Après huit mois ils ont arrêté les virements. Ma sœur rentrait tard le soir et crevée, j'entendais ses pas dans l'escalier, je lui préparais du thé rouge ou lui ouvrais une bière, selon son état. On était quasiment toujours réveillées au lever du soleil. On se couchait à l'heure où nos parents, bien loin de nous dans le Paris du sud, on l'appelait le Paris austral, se levaient, se brossaient les dents, et avec un peu de chance oubliaient leurs filles qui n'avaient pas su être des garçons.

Au bout de deux ans, à l'époque *hôtesse dans un restaurant de bourges*, j'avais deux-trois thunes et j'ai pris mon propre appartement. Une chambre de bonne quasiment identique, à trois rues de chez la grande sœur, avec un carrelage jaune et vert qui donnait l'impression d'être allée à la campagne par erreur. Il n'y avait aucun mur droit, et l'unique fenêtre ouvrait sur un océan de toitures grises. On y entendait le tonnerre très fort aussi, mais j'avais grandi, j'avais plus besoin des bras de ma sœur, et de toute façon j'avais souvent quelqu'un d'autre dans le lit.

Ici, sur mon petit balcon campé à la crête du village, pas de tonnerre, le bleu s'étend depuis Marseille à l'ouest jusqu'à Venise à l'est, le bleu me prend sans me séduire, comme une traînée. Personne me séduit plus, et pourtant à l'époque tout le monde essayait à un moment ou à un autre. C'était le cumul des brutes. Je finis ma tasse de café, je la pose sur la toile cirée, c'est décidément moche ce rouge cerise, je me lève, je m'étire, je pose le talon gauche sur la chaise, jambe tendue, j'attrape ma cheville avec les mains. J'ai la tête qui tourne.

2 /

Ça tourne sévère. C'est con d'avoir la tête qui tourne sans avoir bu. J'aurais dû descendre une bouteille. La tête qui tourne, ça a toujours été mon problème, les vertiges pour rien, pour m'être levée trop vite, pour avoir crié trop fort, pour m'être étirée. Je veux pas être alarmante mais c'est pas très encourageant. J'irais volontiers voir un docteur pour lui demander si je suis déclinante mais j'ai deux bonnes raisons de ne pas le faire. La première c'est que mon niveau en italien fait pitié. La seconde c'est que les cloches de l'église viennent de sonner, six fois, ça veut dire que le petit bar en bas va ouvrir, il ouvre parfois à dix-sept heures trente mais je prends pas le risque, je descends à dix-huit heures pour boire avant que le monde rapplique, comme ça j'ai l'impression d'être chez moi, qu'on va poser une main rassurante sur mon épaule, embrasser mes cheveux, me dire *tu verras, ça va aller*. En attendant j'ai la tête qui tourne et je me dis *respire, respire, meurs pas aujourd'hui ce serait nul*, et puis le vertige s'en va, doucement, fausse alerte, je claque pas aujourd'hui. J'enfile un tee-shirt blanc, bien blanc, une paire de jeans noire, très noire, et je claque la porte pour que le bruit me réveille.

J'ai de la chance d'avoir ce petit bar qui se tient bien sage en bas de chez moi, comme une passerelle vers la vie d'avant. Si c'était légal d'habiter dans des bars, je le ferais. Dans le reflet de la porte vitrée, je vois derrière moi la placette aux façades roses et jaunes, le beffroi, les nuages qui se regroupent sur les collines. Il y a une chance d'orage. Faible, mais faible c'est plus que zéro. Dans le bar il y a du vieux bois partout, des verres avec des logos de bière, quatre tables noires en plastique, et une petite odeur d'ail. Officiellement il y a une cuisine, mais tout le monde vient pour boire, on se ment pas. Les quatre tables sont à gauche en entrant, souvent vides, et le comptoir cuivré en forme de serpe est à droite, souvent plein. Il y a deux photos d'acteurs italiens dédicacées au-dessus de l'entrée. Je doute qu'ils soient jamais venus dans ce boui-boui. Le patron porte un pantalon blanc maintenu à hauteur de nombril par des bretelles de différentes couleurs chaque jour, et qu'il accorde à un foulard autour de son cou. Aujourd'hui les bretelles et le foulard sont marron clair, hier c'était rouge. Tout ça le rend franchement efféminé, précieux, mais ses gestes, à l'inverse, sont lourds et secs. C'est sa marque de fabrique. Maintenant que j'ai remarqué les tics et les habitudes de ce type j'ai peut-être le droit de dire que je suis une locale, une vraie. Je suis pas une fille qui passe.

Je commande un verre. Je pense à faire l'amour, ça fait un bail. Ça m'arrange que les pensées soient pas poreuses parce qu'ils m'observent tous, le propriétaire et les habitués qui sont aussi arrivés à dix-huit heures tapantes. Ils posent leurs regards courbatus sur moi entre deux phrases, mais je ne ressens ni animosité ni gentillesse. Juste le regard, qui se casse sur ma nuque. Ils se demandent peut-être pourquoi je suis là. Qui est cette petite Française qui fait rien d'autre que boire, marcher la nuit et préparer un café trop fort.

Pour le café ils savent pas. Mais j'imagine qu'ils savent, et je me sens moins seule.

Une femme entre. Dans ma tête c'est comme un script de film, toujours. Film dont je raterai la fin, trop ivre, trop fébrile. Séquence Dix-Huit, Bar, Intérieur Jour. Une femme entre.

Elle choisit le siège à l'autre bout du comptoir, s'installe sans émettre le moindre son. Il y a des gens comme ça, on dirait qu'ils glissent. Ils sont livrés sans saccades. On lui amène un verre d'un vin blanc presque transparent. Moi aussi je veux être quelqu'un qui n'a pas besoin de commander à haute voix. Ça doit être ça, le charisme. Ses ongles, en jouant sur le comptoir, font une petite mélodie, c'est simple, ça percute, ça survole tous les bruits. J'ai posé l'ancre dans le village il y a pas plus d'une semaine mais je sens bien que c'est rare d'y voir une femme seule, qui plus est une femme aussi épatante, et je voudrais lui parler, lui demander pourquoi, elle répondrait *pourquoi quoi ?* je dirais *pourquoi tout !*

Elle boit doucement. Je bois vite. Je la regarde beaucoup. Elle me regarde pas. Sur son dos descend un foulard léger, comme une brume. Je voudrais le lui voler et dormir enroulée dedans, et au matin je pourrais dire que j'ai dormi enroulée dans la brume. Elle porte une robe noire banale mais comme taillée pour elle. Comme s'il y avait qu'elle qui pouvait la porter, que moi dedans j'aurais l'air d'une aubergine.

J'aimerais demander au propriétaire du bar de lui amener un autre verre, comme dans les films. Mais je sais pas dire ça en italien, et puis elle touche à peine à son vin. Elle aurait l'air idiote avec deux verres pleins face à elle, même elle, parce qu'on a tous l'air idiot avec deux verres pleins face à nous. Au restaurant je demande à ce que les verres à eau soient ramenés aux cuisines.

Je vais aux toilettes juste pour l'effleurer. J'ai envie d'être plus près, c'est tout, c'est bête. Je passe derrière elle. Je connais son parfum. C'est bien, au retour je pourrais lui dire, ça servira d'excuse à la discussion.

Je suis assise sur les toilettes, espace étroit aux murs rugueux, face à une fleur séchée encadrée, comme si c'était beau, une fleur séchée, qui plus est entourée d'une douzaine de boîtes d'essuie-tout empilées. Je serre les mains sur mes cuisses parce que ça y est, je sais pourquoi je connais ce parfum, et avec lui c'est pas un bon souvenir qui rapplique, c'est un souvenir qui plante un gros piton dans mon cou. Ça tape, ça déboule, ça se souvient par sacs de graviers sur le dos. Je vais vous dire, la vie c'est louche parfois, à croire qu'il y a des aiguilleurs quelque part qui nous mettent sur le bon tronçon exprès, parce que c'est précisément là où j'en étais dans mon histoire. Avant qu'une femme entre, Intérieur Jour, Bar, tout ça.

C'était juste après m'être installée dans ma chambre de bonne. Les premiers mois j'avais pas de lit, j'avais un matelas au milieu de la pièce encerclé de livres et de fringues, j'adorais ça, c'était mon Alcatraz. J'allais encore voir ma grande sœur presque tous les jours, en général vers midi pour notre petit déjeuner. Je travaillais la nuit moi aussi, on avait le même rythme en forme de doigt d'honneur à nos parents et leurs matins sacrés. Dans ma chambre l'eau chaude coupait tout le temps et le proprio avait les mains baladeuses, alors plutôt que l'appeler à la rescousse je prenais mes douches chez elle. Quand il y avait un garçon qu'on aimait vraiment bien, on se voyait un peu moins.

Cette nuit-là j'étais dans l'appartement d'une amie. Ma meilleure amie, une sorte de fille de riches qui s'inventait une vie de prolo. Genre punk, mais punk Paris centre, on peut pas dire qu'elle prenait trop de risques. Ses parents avaient une île quelque part. Moi j'avais pas son parachute, les fins de mois c'était la Bérézina, mes parents avaient arrêté de nous aider, on avait arrêté cette simulation de famille tout court d'ailleurs, et j'avais la dalle tout le temps à force de manger des œufs durs pour dîner, mais je l'aimais bien. On écoutait les mêmes groupes post-punk, new wave et psyché, on apprenait par cœur des phrases de Cioran, on étirait notre adolescence, on voulait pas grandir, surtout pas. Il faut croire que ça a marché parce que j'écoute toujours ces groupes et je lis toujours Cioran au printemps, quand les gens sont un peu trop guillerets, ça équilibre.

Il était tard et on avait un peu bu. À l'époque *un peu* suffisait, à dix-huit ans on a moins de débâcles à noyer. On était cinq ou six, affalés sur le sol, sauf un garçon qui dansait dès que la musique lui plaisait. *In the death car, we're alive*, chialaient les haut-parleurs, et lui il dansait, et nous, allongées sur le dos, on le regardait même pas. Je me souviens que mon amie avait un tapis incroyablement doux, c'était le facteur déterminant quand on devait décider de notre point de chute. Les bars, c'était encore trop cher pour moi. Ma chambre de bonne était trop petite, et dans un quartier qui craignait. Là, sur son tapis-peluche on se sentait bien, on essayait de s'impressionner en buvant plus vite que les autres, en parlant de groupes ou d'écrivains les moins connus possible. On portait tous la contre-culture en bandoulière, au cas où il y aurait un paparazzi caché sous l'évier. On se sent encore important à cet âge-là.

Je buvais beaucoup de bière, je passais ma soirée à cumuler les allers-retours aux toilettes. *T'es trop maigre pour boire de la bière*, a dit ma pote. Ensuite elle a crié depuis le salon que selon Nietzsche la bière alourdissait le cerveau, que c'est pour ça qu'il détestait les Allemands, ils atteignaient pas le gai savoir à cause de toute cette bière dans les neurones, j'ai fermé la porte de la salle de bains, j'ai pas entendu le reste, plutôt confiante dans le fait de pas rater un grand énoncé de philo. Dans le miroir de la salle de bains, je me suis trouvé le teint pâle et les cheveux secs. Je me suis trouvée laide. J'ai cherché de quoi camoufler tout ça dans la trousse de maquillage de ma pote. Elle s'est ouverte en sifflant doucement. Il y avait une feuille de papier pliée en petit carré, là entre les crayons et les mascaras. Je sais pas pourquoi mais j'ai tout de suite deviné. J'aurais même pu ne pas la déplier. Mais je l'ai fait. J'ai lu la lettre. Et illico après la nausée. La nausée, chaude et sombre. Je connais bien, je suis abonnée. Voilà. On m'avait volé un garçon. Elle m'avait volé un garçon. Ce garçon qui m'envoyait des lettres quand on pouvait pas se voir, il envoyait les mêmes à mon amie. Mot pour mot. J'ai reconnu son écriture, ses mots, ses petites allusions salaces, et puis le prénom de mon amie partout, en haut, en bas, au bout des phrases les plus douces.

Je me suis allongée sur le carrelage. Face contre terre. Jambes qui tremblent. J'ai posé mon front sur la céramique. C'est de ça dont je me souviens le mieux. Mon front sur la céramique. Pour lutter contre l'envie de vomir je cherchais le frais, mais faire couler l'eau m'est pas venu à l'esprit, j'avais de la boue dans le cerveau. Je sentais le froid du carrelage contre ma peau, et je tournais la tête à droite et à gauche pour refroidir mes tempes. Devant moi, gros plan, Intérieur Nuit, Salle de Bains, et ce flacon de parfum, le même parfum que maintenant, là, dans les cheveux de la femme au comptoir.

Trompée. On me trompait, merde. Premier amour et déjà on me trompait, il aura pas fallu longtemps. Mot pour mot. Même lettre. J'étais remplaçable. Tellement remplaçable. Il l'embrassait pareil, il lui attrapait les hanches pareil. J'ai pris le flacon de parfum dans ma main, j'ai pressé doucement. Le liquide luisait sur mon poignet, rentrait sous ma peau. J'ai pressé ce parfum, encore, dans mon cou, dans mes cheveux. Céramique, froid, parfum, odeur, *repeat*. Je voulais sentir comme elle pour qu'il nous confonde, je voulais être en elle pour qu'il soit en moi toujours.

Je suis restée longtemps dans la salle de bains, à me demander laquelle de nous deux il aimait, tout en m'aspergeant de parfum. Au fond, il devait bien avoir une préférence. Est-ce que j'avais une chance de l'être si j'adoptais ce parfum-là, si je devenais *moi, mais avec son odeur à elle ?* Est-ce qu'ils se sentiraient coupables si je me tuais là, au-dessus de la céramique, tête fracassée contre le carrelage ? Est-ce qu'ils feraient l'amour après le cimetière ? Un amour vrai parce qu'enfin teinté de mort, une chair aux goûts d'ordure et d'éternité. Non, je pouvais pas leur faire ce cadeau-là.

Je suis revenue dans le salon entre deux chansons, je voulais que tout le monde me regarde. De toute façon, vu que j'étais restée des plombes enfermée, ils me regardaient tous. Il y en a un qui a élégamment demandé *t'as vomi ?* Et puis elle, celle que tout à coup je ne pouvais plus appeler mon amie, elle a juste dit *t'as pas l'air bien*. On me le dirait souvent, par la suite. *T'as pas l'air bien.*

J'ai posé la lettre sur la table. *Je te le laisse. Je t'emmerde.* C'était pas assez. Mais c'était venu spontanément. J'ai pas écouté la réponse, balbutiée depuis l'autre bout de la pièce. J'étais déjà à la porte. J'ai traîné mon manteau dans l'escalier, je l'ai enfilé sur le seuil de son immeuble bien propret, rue Saint-Antoine, une rue que j'éviterai ensuite toute ma vie parce qu'elle me rappellerait ces deux êtres qui se voient nus sans moi, malgré moi, contre moi, qui font des belles choses contre moi, qui font tout ce qu'ils peuvent contre moi.

Il était même pas intéressant ce garçon. Je crois que je l'aimais bien parce qu'il me faisait à manger quand j'avais vraiment trop la dalle, qu'il parlait de musique comme si c'était une question de vie ou de mort, qu'il restait debout avec moi jusqu'à l'aube, des trucs qui cassaient ma solitude toute creuse, comme un roseau. Il faisait du skateboard aussi, je trouvais ça cool, comme toutes les petites connes de dix-huit ans. Il était nul mais j'y connaissais rien, à l'époque tu faisais décoller ta planche du sol une demi-seconde pour moi t'étais Jésus.

C'était déjà l'ère des gens qui n'ont plus le temps de se dire au revoir, alors je l'ai quitté par téléphone. Un court message sur son répondeur puisqu'il avait pas décroché tout de suite, puisqu'il venait pas me chercher sur le pas de la porte de son autre petite amie, j'ai dit *tu es nul, et je me souviendrai de ça, rien d'autre, juste du fait que t'es nul, et que je te le dis là, en marchant sous la pluie. Je voudrais qu'à toutes les questions que tu poses dans le futur, tout le monde te réponde d'aller te faire foutre, toujours, partout. Tu seras si seul que tu te tireras une balle dans la bouche, tu penseras qu'on te regrettera et tu auras tort, même dans la mort tu auras tort.* J'ai raccroché, j'ai plus jamais entendu sa voix, plus senti ses mains sur moi et son souffle dans mon cou, ça s'était terminé comme ça, moi sous la pluie, lui à l'abri.

J'ai marché longtemps dans Paris. Il pleuvait des seaux, puis plus rien, puis ça repartait. Des faux espoirs en eau grise qui coulaient dans le dos. Je puais le parfum. J'ai raté le dernier métro exprès. Je voulais pas être enfermée puisque je suffoquais déjà dehors, giflée par la pluie froide. J'aurais voulu une vraie gifle, un grand réveil. J'ai fait un long détour. J'ai dû croiser le boulevard Magenta dix fois, incapable de rentrer, alors je dessinais des grands S dans le plan grossier de la ville qui se trimballait dans ma tête. Ce soir-là j'ai compris qu'il allait falloir s'accrocher, que ça allait être dégueulasse souvent, que mes sentiments compteraient que pour moi, qu'il y aurait pas de transfert, pas de fusion, juste des fringales qui feraient des nœuds entre elles.

Je suis arrivée dans la chambre de bonne au creux de la nuit, quand Paris c'est des dômes éteints et des gens perdus. La douche marchait pas. Le carrelage était glacé. Les camions sur le périph' faisaient trembler les vitres. Je suis ressortie. Je suis allée chez ma grande sœur, elle sortait de la douche, elle m'a prise dans ses bras, c'était chaud, c'était un vaccin, les bras de ma sœur ça a toujours été mon vaccin.

– C'est quoi cette odeur? Tu sens comme un grand magasin.

– Je t'expliquerai. Il pue, ce parfum, non?

– Ouais.

– Bon. Voilà grande sœur c'est fini, il m'a trompée, il m'a peut-être trompée tout le temps, ou c'est moi qui l'aidais à tromper l'autre et ça c'est pire encore, maintenant tout ça j'y crois plus, on va pas se mentir, pas vrai?

– On va pas se mentir.

– Tout est fichu, la vie c'est moite c'est moche, regarde-nous.

– C'est à dire que je sors de la douche. Et je te signale que plutôt que moite, on dit humide, c'est plus élégant.

– J'ai décidé, les histoires d'amour, les oh-là-là-matez-comme-on-est-trop-beaux-ensemble c'est mort. Alors voilà, voilà ce que je vais faire, tu m'écoutes hein?

– Oui, oui je t'écoute. Me serre pas trop fort, tu vas me casser en deux.

– Je vais devenir belle, tu verras comment je serai belle, tu verras grande sœur, et même si la vie est radine elle me fera cadeau de plein de choses, mais juste à moi, pas aux autres, juste à toi et moi, tu verras grande sœur, ce sera tout pour nous, mais pas pour le plaisir, pour la riposte, pour la grande riposte, je les laisserai pas m'abattre, on se laissera pas abattre, dis grande sœur, tu m'écoutes hein ?

– Je suis là.

– Je sais que toi tu me lâcheras pas. Puisqu'il faut que quelqu'un ait mal, eh bien ce sera eux, ce sera toujours eux, tu verras.

Je tremblais. Elle m'a donné une serviette, frotté mes cheveux trempés, a soupiré un grand coup et puis elle a répondu :

– Tu sais dans les histoires d'amour il y a une personne qui souffre un peu, et une qui souffre beaucoup. Il n'y a pas d'amnistié. Alors c'est une bonne idée de te blinder.

– Je me blinde pas, je me venge.

Je vous laisse vous servir un autre verre, je fais une petite pause. Vertiges toujours, je fais presque tomber la fleur séchée et moche, je sors des toilettes, je repasse près de la belle solitaire au comptoir, son parfum me renvoie tout ça au visage une seconde fois mais cette fois je tiens mes appuis, je suis aguerrie, je suis pas une fille facile.

Je reprends ma place au bar, je finis mon verre. Calme, calme. Pas vraiment calme en fait, je sais que maintenant c'est trop tard, on est dans le vif du sujet, je vais devoir aller jusqu'au bout. Je prends un dernier verre. La grande solitaire me calcule pas. Le gérant regarde la télévision, les deux mains sur ses bretelles. L'horloge sur la grande place sonne, mais je compte pas, je voudrais oublier jusqu'à la danse ridicule du temps. Oublie, oublie. La femme se lève. Elle paie le verre de vin qu'elle n'a pas bu, qu'elle ne finira pas, verre pour tuer le temps, verre de vin pour rien. Son parfum m'effleure à nouveau, tout revient, automatique. Carrelage, trousse, petit mot d'amour qui brûle, marche sous la pluie et promesse à la sœur, la promesse d'inverser le sens de la douleur. Deux couples entrent, se serrent autour d'une table en bois, emplissent le bar d'une joie simple, qui me plaît pas beaucoup. Une joie suspecte. Mais je la prends quand même. Ça m'aide à décoller mon cortex de ce mauvais souvenir, parce que je sais très bien ce qu'il signifie pour moi. La première désolation, celle qui a transformé la capitale en guerre de tranchées, celle qui rend la lune rouge et les matins insupportables. La dernière photo sur la pellicule qui claque et déchire le monde en deux : le monde, puis plus rien. Blanc, blanc qui claque. L'escorte qui ne m'escorte plus du tout. Le début de ce hurlement sous la peau qui ensuite deviendra le bruit du jour.

Je quitte le bar. Le crépuscule pourpre, cassé et cassant, gambade sur les dalles de la place. Dalles poncées par les années, qui donnent envie d'y courir pieds nus. Une vieille dame ferme ses volets. Rien de plus déprimant que les gens qui ferment leurs volets avant la nuit tombée. On devrait les mettre en prison, c'est pas méchant, c'est pour leur redonner goût à la lumière.

Les cloches sonnent encore. Un coup pour chaque heure, et à la demi-heure une cloche plus aigüe leur colle au train. Huit coups de cloche, puis un coup aigu. Barrez-vous, les montres, on veut plus de vous.

Il y a du vent tout à coup et ça s'entend aux cordes à linge qui fouettent les murs. Ça cravache sévère. Comme il faut. Je me suis jamais sentie complète, compacte, mais tout au contraire offerte aux vents. Dans la grande ville ou ici, même combat, je suis là et ailleurs, malmenée sur terre mais à l'aise une fois charriée par les bourrasques.

Le vin tape contre les parois de mon crâne, gentiment. Pas brusque, le vin, on est potes. Je remonte dans l'appartement. On y étouffe, je prends une douche qui dure des plombes. J'essaie de faire un courant d'air, ça marche pas. Ils auraient au moins pu m'apprendre ça mes parents, fabriquer des courants d'air. Sur le balcon, j'arrose un plant de basilic. Cette pauvre plante d'une banalité terrifiante est devenue vitale pour moi depuis que je crèche là. Je me dis que si tout le monde arrive à faire pousser du basilic, alors moi aussi je peux. Et c'est pas des conneries, même moi, autrefois génocidaire du monde végétal, je rentre dans le rang, et cette fois il y a de la vie. Ça fait qu'une semaine, mais n'empêche, le plant pousse, de nuit en nuit, parce que mon basilic à moi je l'imagine noctambule, mystérieux et seul, dans tout son éclat enfin quand le village entier se tait.

3 /

Faut m'imaginer noctambule aussi, attirée par les lampions qui grésillent. J'ai toujours eu un problème avec Paris en pleine lumière, que je trouve vulgaire et agressive. Je limitais mes sorties de jour au strict minimum. Attendre la tombée de la nuit était peu à peu devenu une condition pour me voir. Alors forcément j'étais bien plus disponible en hiver qu'en été. Fille de nuit. C'était à prendre ou à laisser.

Déjà gamine, avec ma sœur on était plutôt du soir. Le samedi soir nos parents sortaient, nous on s'asseyait sur le trottoir devant un café et on inventait des vies aux gens à l'intérieur. De jour on aurait jamais pu le faire. Trop de reflets, brouillons et moches. Mais au creux de la nuit les bistrots parisiens s'offraient sans réserve, alors on matait les tables une à une, les clients seuls, les couples, les verres finis, les verres encore pleins, les verres renversés. Les bistrots c'était comme des bulles de lumière interdites, ça nous attirait, ça nous racontait le futur, ça flirtait avec nous déjà. Et moi j'ai toujours voulu que ma ville soit, plutôt qu'un gros bordel qui chiale et bourdonne, un millier de bulles luminescentes entre lesquelles choisir. Et puis même les traits tirés par la rage, dans l'obscurité t'as l'air douce.

En réalité pour la douceur on repassera. J'avais bien retenu la leçon, s'attacher c'est tendre la joue au calvaire, aux séparations qui transforment les boulevards en quai de gare parce que t'as l'impression de dire au revoir tout le temps. Alors non, très peu pour moi merci. Pas d'histoire longue, pas de carrière, pas d'attache, j'étais un bout de barbaque dans la ville. Heureuse. Heureuse d'être dégrafée. Heureuse d'être la mauvaise nouvelle plutôt que d'en recevoir. Heureuse et ivre à en perdre la mémoire, à sentir la liberté hisser ma chambre de bonne à l'aube, loin, loin au-dessus du périph'.

Et recommencer le lendemain. Comme ça, pendant quatre ans, cinq peut-être. Racler Paris et la voir sortir par les trous, embrasser tout ce qui bouge, draguer et se faire draguer, essayer tous les bars comme si j'allais écrire un guide un de ces quatre, avec un titre bien ringard du type *Où sortir à Paris ?* Changer de travail puis d'appartement puis de mec et encore de mec, tellement de garçons dans cette ville. Ne pas être limitée, ne pas être figée. Ne pas être traçable, ne pas être fliquable, ne pas être évidente. Faire tout très vite et avant le prochain matin, parce qu'on sait pas s'il viendra. Toutes les avenues posées les unes sur les autres, bien damées, prêtes pour le clash suivant.

Et puis un jour, j'ai rencontré un garçon, je lui ai dit ça, j'ai dit que dans ma vie les avenues étaient toutes posées les unes sur les autres, avec les bars et les cafés sur les côtés comme des bulles de liquide vaisselle, et il m'a répondu qu'il m'aimait. Il a dit que ce serait bien pratique, si toutes les avenues étaient posées les unes sur les autres, parce qu'il mettrait moins de temps pour venir me voir.

Après plusieurs années à ce rythme-là j'étais à la fois élimée et excitée. Increvable. Je commençais à être assez balèze et je gaspillais pas les nuits. Je savais dans quel quartier voir les garçons pour que la soirée finisse comme je le voulais, je savais quelle était la meilleure heure pour le premier verre mais aussi quand suggérer de rentrer. Encyclopédie du rancard. Et en même temps il fallait bien que les nuits dérapent. Je voulais de la poésie. Comme tout le monde.

Un des trucs que j'avais appris c'est que je devais me reposer le samedi, le pire soir pour un rancard, le soir où tous les grands pénibles sont de sortie, et à moins de tourner un documentaire Arte sur les gros cons en milieu urbain, c'est plus sage de rester à l'abri. Pourtant ce soir-là c'était samedi et j'étais dehors, seule dans cette rue qui descend depuis Pigalle, celle avec les néons roses qui disent des noms de filles. Bars à filles. Dix degrés de solitude. Sept degrés ressentis. Petite bruine, vent modéré. Un sac dans chaque main, un chapeau comme rempart contre la pluie mauve, et les jambes toutes fatiguées. Je rentrais d'un concert, un truc que j'avais pas voulu rater même un samedi soir, et sur le retour j'avais fait des courses. Pour moi c'était important, faire les courses la nuit, c'était ça vivre dans la grande ville, la plus belle ville du monde ils l'appellent. Ici en Ligurie tout le monde se couche en même temps, quand la ville s'éteint elle s'éteint, *kaput, è finita*.

Cette nuit-là donc à Pigalle, South Pigalle comme disent les lourdauds, j'ai croisé une fille qui pleurait. Elle pleurait, appuyée contre un mur, profitant de ce petit espace contre les immeubles parisiens, sous les balcons, où la pluie tombe pas. Personne ne prêtait attention à elle. J'ai demandé si je pouvais l'aider. Elle avait des manières bizarres, avec des à-coups, comme si ses mouvements souffraient d'une mauvaise connexion. Elle avait cette drôle de façon de toucher ses cheveux comme pour en vérifier l'existence, elle penchait la tête sur le côté quand elle parlait, et elle faisait tourner sa cheville sur elle-même comme une enfant timide. Elle était bizarre, oui, mais bizarre touchant, et puis elle avait des yeux immenses. Je me suis dit que cette fille devait démolir le cœur des garçons, sans faire exprès comme moi, non, juste en se calant là face à eux. J'ai posé cette question bête que l'on pose à quelqu'un pour qui clairement ça va pas : *ça va ?* Elle m'a dit que je pouvais rien pour elle, qu'on venait de la quitter, que tout le monde la quittait un jour ou l'autre. Elle a dit que c'était con, que les garçons voulaient jamais la consoler. *Je voudrais de la douceur, quoi*, elle m'a dit.

J'ai pensé *ma pauvre fille, la douceur elle viendra jamais, face à l'horreur humaine les belles personnes se tirent une balle à dix-huit ans, ensuite il ne reste que les féroces*, mais on dit pas ça à une fille qui pleure dans la rue sous la bruine, on lui dit *tout ira bien*. Tissu de mensonges élégant et classique, le Chanel N° 5 des mensonges. En général quand je crois pas une seconde à ce que je dis, c'est là que ça sonne juste. *Ça ira, tu verras*. Elle lève ses yeux-monde vers moi, me dit que c'est gentil, mais que c'est peut-être de sa faute.

– Ta faute ?

– Oui, peut-être que je suis une mauvaise petite amie. Ou une mauvaise amante.

J'ai éclaté de rire.

– Une mauvaise amante ? Mais attends tu les as vus les garçons, en face ?

Elle a demandé si j'avais un copain, j'ai répondu que j'en avais parfois, mais rien qui dure, rien qui reste sous le palais. Elle m'a dit *oui, mais là, maintenant, tu as quelqu'un ?*

– Non.

– T'es pas triste ?

– Non. C'est important aussi d'être seule la nuit dans la ville. Il faut que t'apprennes à aimer ça.

– Je suis pas une solitaire.

– Aucun rapport. Si t'as besoin de quelqu'un pour exister, qui te dit que t'existes pour de bon ? Il faut que tu te sentes, là.

J'ai posé ma main au bas de son cou, là où ça pulse. Je sais, c'est pas là qu'est le cœur, mais je la connaissais pas cette fille, j'allais pas lui toucher la poitrine, il y a des limites quand même.

– Mets de l'espace entre toi et les autres, arrête de chercher un petit ami à tout prix, forge-toi une peau en zinc, une peau de comptoir de bar, rassurante, solide, narcotique. Faut que tu puisses dormir seule, te réveiller seule, partir seule. T'as besoin de personne, juste d'un peu de vent pour te pousser dans le dos, et d'un peu de danger pour te réveiller d'un coup le matin. Quand tu seras prête tu iras le chercher, ce mec, et tu l'auras.

– Tu crois ?

– J'en suis sûre. Ça ira, tu verras.

Et ce soir-là, en réconfortant la fille aux yeux-monde, je me le dis aussi. Je me dis qu'il faut y croire. Que ça suffit, merde. Que vouloir être seule c'est bien, mais que chercher quelqu'un comme une conne c'est bien aussi, que ce qui compte c'est de le faire mâchoire serrée, pas à moitié, pas à la désinvolte, de le faire en révolutionnaire, le foulard sur la gueule et les gaz lacrymo qui fusent autour. Il faut mater l'ordre établi, parce que l'ordre établi c'est de l'injustice et de la tristesse en wagon. Alors oui il y a des choses qu'on comprend pas – les garçons qui s'en vont, ceux qui copient-collent leurs lettres d'amour, les racistes à la télé, les dauphins qui s'échouent tous d'un coup, les garçons qui droguent les filles, les gens qui ont un problème avec les homos, les gens qui ont un problème avec les migrants, les gens qui disent *y a pas de souci*, les gens qui chassent, les gens qui ont le cœur sec, les soirs à chialer sous la pluie, tout ça –, mais que parfois il faut y croire, mais fort, y croire vraiment.

De toute façon en se retournant au moment de mourir on se dira tous que rien de ce qu'on avait prévu n'est arrivé.

Elle, elle pleurait dans Pigalle entre un bar et une boutique de mode discount, et je lui ai dit *allez rentre chez toi, ça va aller tu verras, des garçons bien y en a. Tu vas t'en remettre comme d'une angine.*

Elle a fait tourner sa cheville encore un peu sur elle-même, gamine, puis elle a encore dit merci, on a échangé nos numéros de téléphone au cas où. Elle est remontée chez elle, et je suis rentrée chez moi. J'ai marché en rond dans l'appart minuscule, au son des *cracs* du vieux parquet, bien parisiens, bien rassurants. C'était décidé. Le lendemain, je sourirais comme dans les pubs de dentifrice et j'irais mieux.

Et ça a marché. Le lendemain, dimanche seize heures, heure du grand rien, je vais au boulot, j'attends le métro. Cette fois c'est pas de la bruine, c'est une averse de bataille. La pluie qui coule des cheveux sur mon blouson, la pluie dans la pensée, la pluie dans la bouche.

Je suis plantée sur le quai de la station aérienne, un peu courbée, avec les enseignes de Barbès tout autour et des grues en train de construire un truc tout nouveau tout moche, et la pluie qui s'abat sur les rails comme la guerre. Il y a un joli garçon sur la plateforme en face. Les cheveux bouclés qui tombent sur ses tempes. La peau très mate. Les épaules légèrement voûtées. Un regard qui me ramasse à la petite cuillère. C'est pas si commun. Il a les mains dans les poches de sa veste courte, trop légère pour le temps qu'il fait. Il doit avoir froid mais il le montre pas. Fiérot, le type. On se regarde. Une fois, puis deux, et ça continue. Des regards comme des allers simples aux urgences. Je veux qu'il me vole à l'étalage, là, tout de suite. Derrière lui, ces grosses poutres d'acier qui ont l'air de tenir la ville debout. Je suis sur le quai direction ouest, il est sur le quai direction est. Les métros n'arrivent pas. Ni le sien ni le mien. Et d'une plateforme à l'autre on n'en finit pas de se dévisager. Une minute, puis deux, puis dix. Il change d'appui d'une jambe à l'autre, il fait des petits pas. *Incident voyageur*, dit la voix au micro qui connaît pas le mot *suicide*. Il me fait signe. J'acquiesce. Dans l'escalier je ris comme une gosse.

Il y a la rue, hurlante de pluie et de pénombre, et les rails qui dressent leurs pétales grotesques au-dessus de nous. Il parle peu. Mais pas timide. Fragile plutôt. J'aime sa voix froissée. Il me demande mon nom, où je vais, si j'habite dans le coin, des questions bateau pour ne pas avoir l'air d'un sociopathe. Un métro arrive enfin. On rit. C'est toujours comme ça. Soit ça, soit le métro se bloque deux stations avant chez toi et quand tu te décides à rentrer à pied et que tu descends de la rame, elle repart. Il dit *c'est l'univers qui nous dit de serrer les poings, c'est tout*. Il me propose de boire un verre, *peut-être pas tout de suite, mais demain ?* Je pense *demain c'est loin* mais je dis *demain c'est bien*, je lui serre la main en partant, je regrette aussitôt, je me dis quelle idiote, j'aurais dû embrasser sa joue c'est mieux, ça lui aurait fait un avant-goût. Je rejoins la plateforme, sonnée, tout emplie de pluie et de lui. Je me mets à rire, je cache mon visage contre un panneau de pub. J'entends le métro qui vient, je me demande s'il pense à moi, il a pas le droit de pas penser à moi. Quand je monte dans la rame j'ai l'impression que la pesanteur a été abolie. La voix dans le micro s'excuse du retard et de la gêne occasionnée, je murmure *t'excuse pas mon vieux t'as tapé dans le mille*. La porte se ferme derrière moi. Il allait falloir attendre demain pour le revoir.

4 /

J'ai pas annulé, j'ai pas posé de lapin, j'ai pas minaudé, j'ai pas fait la morte.

Qu'est-ce qui faisait que, trempée et mal lunée sur le quai du métro un dimanche, il m'avait trouvée belle ? Ça, ça m'a jamais laissé dormir. L'insoutenable hasard de ce que je suis. En moi je sens l'infini des possibles pourtant, je me devine astronaute en URSS et disciple de Socrate, tourterelle pendant la peste bubonique et fougère au temps des grands reptiles, j'assemble le fracas de l'existence tout entière, seulement dans la vraie vie, c'est différent, je suis moi, il faut vivre avec ça. Ça : les entrailles, les insomnies, les pensées qui saccagent, les vertiges, les jambes fines et les doigts maladroits, les yeux en amande et les cheveux sombres qui font des nœuds, les grains de beauté dans le dos, les seins, pâles, presque identiques mais pas tout à fait, et puis ça recommence, les insomnies, les vertiges, la tête qui tourne, la peur du noir et le noir qui vient jamais tout à fait.

Le lendemain est arrivé sans se presser, petit lundi gris qui suffoque. De quoi on allait parler ? De quoi on parle à un garçon qu'on veut aimer ? J'avais oublié, ça faisait si longtemps.

Quand j'étais petite je dessinais des saules pleureurs partout. Je parlais presque pas. Ma mère s'inquiétait de mon silence et de ces saules pleureurs, on est allées voir un docteur, une femme gentille qui sentait l'anis et me posait des questions. Elle a fait une moue, elle a dit *ce n'est pas trop grave mais tout de même, oui tout de même, votre fille a un problème*. Je l'ai regardée, mes yeux verts bien enfoncés en elle, j'osais pas lui avouer que jusqu'à présent j'avais simplement rien trouvé d'intéressant à dire.

Le langage, je pense que ça a toujours pas été inventé. C'est pas encore ça. On a des mots, des outils pour construire et pour déconstruire, mais c'est pas encore ça. On se rate, on s'esquinte. Si on savait se parler on ne se sentirait pas aussi seuls, on aurait au moins l'impression d'être deux parfois.

Je me souviens de moi petite et je me disais que j'étais bien, là-bas. Triste, muette et vierge. J'aurais dû rester triste, muette et vierge, rien dans le cœur, rien dans la bouche et rien ailleurs. En route pour notre premier rendez-vous je pensais à tout ça. J'en ai oublié de payer le bus, le conducteur m'a interpelée, j'ai dit *pardon, pardon* en baissant la tête et j'ai poinçonné le ticket, un de mes bruits de Paris préférés, *katak*. Maintenant c'est des *bips*. On a les bruits qu'on mérite.

Je suis sortie du bus, et là au café je l'ai vu, un des seuls en terrasse. Quelques gouttes de pluie sur le bord de la table. Il avait l'air de s'en foutre. *T'es habillé différemment*, c'est la phrase très conne que j'ai prononcée en arrivant. J'avais pensé à lui toute la nuit, lui dans ses habits d'hier, et pour moi il pouvait rien porter d'autre. Il allait falloir admettre qu'il avait une vie sans moi, avec un placard, plusieurs vestes, peut-être même une machine à laver et de l'adoucissant. Il allait falloir le partager avec de l'adoucissant.

Et aussi dire des trucs intelligents parce qu'il était pas crétin ce garçon. J'ai commencé par buter dans la table en m'asseyant. Bière renversée, avec la mousse qui fait *pshhhh*. Mal parti. *C'est pas grave*, et il a parlé de la météo. Dès le premier regard au-dessus de la table imbibée, j'ai aimé qu'il me dise des choses triviales comme ça, parce que moi j'avais en tête que des envies informulables. Je voulais qu'il vérifie chaque centimètre de ma peau trop blanche, je voulais qu'il me touche, je voulais remplacer toutes les phrases par des trucs salaces, des trucs que je peux même pas écrire. J'ai pas compris ce qu'il se passait. On comprend pas ces choses-là.

– Au fait, je sais pourquoi le trafic de la ligne 2 était interrompu hier.

– Suicide ?

– Mieux que ça : à Stalingrad un type a en effet voulu se suicider. Il a sauté un peu tard, son corps a rebondi contre l'avant du train et a heurté une dame qui était sur le quai. Les deux sont à l'hosto. Alors non seulement il n'est pas mort mais l'autre l'attaque en justice pour coups et blessures.

– Paris, ville lumière.

– N'empêche, c'est grâce à lui qu'on se voit ce soir.

Il y a eu un court silence, on s'est souri. La mousse par terre a arrêté de faire *pshhhh*.

– Je suis pas sûre d'avoir des informations aussi palpitantes à fournir qu'un suicidé qui ricoche.

– C'est vrai que j'ai placé la barre un peu haut.

– J'ai lu une histoire aujourd'hui. En fait c'est pas une histoire c'est une théorie.

– Je t'écoute.

– Si on place mille ordinateurs dans une salle habitée par mille chimpanzés, et qu'on leur demande de jouer avec le clavier, encore et encore, une infinité de fois, arrive ce moment où les chimpanzés vont écrire *Hamlet* par inadvertance, à la virgule près. *The Infinite Monkey Cage*, elle s'appelle, la théorie.

Pourquoi j'ai raconté ça? Il a pas l'air décontenancé, il me demande s'il y a un sens caché là-dedans.

– Peut-être que c'est comme ça qu'on vit, par inadvertance.

J'ai bu une longue gorgée, en me disant que décidément le langage c'est pas encore ça. Lui il a pris son temps, puis il a dit *c'est bien, ça, vivre par inadvertance*. J'ai souri. Avec lui je pourrais l'aimer, le flottement bouffi d'une vie sans importance, la grande berceuse de la vie normale et des heures gâchées.

Le premier verre passe en une seconde, c'est court une seconde pour faire connaissance. On va dans un autre bar. La pluie s'est arrêtée, on fait cogner nos parapluies sur le trottoir comme des vieilles cannes. Le bar en question est du genre branché, donc forcément à l'entrée on nous fait sentir malvenus deux ou trois secondes, ça fait partie du folklore. Une fois dedans je lui dis *t'as bien choisi*. C'est petit, la musique est discrète, et puis il y a de la texture. Pas de mur blanc, pas de mur propre, pas de mensonge. On vient là pour la dégringolade. De la brique, des céramiques sales dans un coin, du ciment visible, des lampions orange, des grands rideaux noirs devant la porte d'entrée qui relèguent la rue loin, mais vraiment loin. Personne viendra me chercher ici, c'est quitte ou double, pas de cavalerie, pas de sauvetage.

On s'est assis au comptoir. Je choisis toujours le comptoir. Les tables, j'ai pas confiance depuis ce jour au collège où j'ai réalisé combien de chewing-gums étaient collés dessous. Il a commandé nos verres. J'avais la tête qui tourne, comme toujours. Les ombres sur nos visages oscillaient en cadence au-dessus des bougies. Les bougies ça rendrait beau n'importe qui, c'est pour ça qu'ils en mettent partout.

J'ai voulu raconter un truc vrai, mon histoire de saules pleureurs que je dessinais enfant. *Avec le recul, je me dis, est-ce que c'était vraiment des saules pleureurs? Ça aurait pu être des fontaines, des perruques ou des feux d'artifice.* Il a bu une gorgée de son gin tonic, gorgée courte et sèche, et sans se tourner vers moi il a tiré ma chaise pour que je sois plus près de lui.

C'est tout. Il a tiré ma chaise pour que je sois plus près de lui.

J'ai su comme ça. En un geste, une fraction de seconde. L'hésitation, c'est un truc de nantis. Il a répondu que j'avais raison, que c'était peut-être mieux de dessiner plutôt que de parler quand on avait rien à dire, et il a dit que s'il me restait un de ces saules pleureurs il serait au premier rang à la vente aux enchères. Il a tiré ma chaise doucement, sans que ça me fasse perdre l'équilibre. Toutes les murailles s'effondraient sous ma peau. Le fracas était immense, joyeux, ça tombait en lames polychromes. J'oubliais tout, jusqu'à l'imbécile qui m'avait trompée et glissait des lettres d'amour dans la trousse de maquillage de ma pote. Tout ce que j'avais attendu, tout ce que les printemps avaient manqué d'amener entre mes doigts, tout ce que les amants errants n'avaient pas su effleurer, tout ce que le vent d'hiver promettait, cette main sur ma chaise l'apportait, le garantissait. Il y aurait toujours cette main pour me tirer vers son propriétaire. Il y aurait, partout, toujours, encore et encore, cet homme qui me trouverait trop loin.

Lui, il me tirerait vers lui, il me dirait de l'embrasser, j'obéirais, je lui dirais de m'embrasser, il m'obéirait, le monde serait écrit comme ça, encre noire et baisers obligatoires.

On a continué notre manège au comptoir, lui et ses gin tonic, moi et mes verres de vin rouge. Il faisait chaud. Dehors il s'était peut-être remis à pleuvoir. C'était pas important. À côté de lui deux filles se sont mises à regarder des vidéos sur leurs téléphones, le son réglé trop fort, alors il s'est tourné vers elles et leur a dit, un peu gentil un peu féroce, que venir dans un bar pour regarder des vidéos c'était pas super intelligent. Elles sont parties s'assoir ailleurs, et je lui ai dit merci. Il m'a demandé comment je faisais pour survivre au milieu des cons. J'ai pointé mon verre de vin du doigt.

On a quitté le bar, on a marché dans une petite rue du dixième arrondissement. Il m'a raconté qu'il était trois quarts français et un quart grec, mais qu'il n'était allé en Grèce qu'une fois, qu'il s'en souvenait à peine. Il a dit que Paris c'est tout ce qu'il voulait connaître, que c'était un monde déjà. L'air était humide, presque opaque, comme souvent après les longues pluies. On y voyait trouble, mais c'était pas l'alcool, c'était la pluie qui débarrassait le plancher. Et dans cette brume, la lumière des réverbères, solide, dessinait des grands cercles au-dessus de nous, qui s'effilochaient à mesure qu'ils se rapprochaient du sol. *Moi enfant j'aurais dessiné ces lumières exactement de la même façon que mes saules pleureurs.* Il m'a embrassée sans prévenir. Léger. Une main dans le bas de mon dos, l'autre qui prend ma main mais ne la serre pas, la tient comme si c'était une main en papier qu'il fallait surtout pas froisser. Il s'est attardé sur ma lèvre supérieure. Puis il a pris ma bouche, entière. On s'est regardés. J'ai souri. *Merci.* Il a dit *merci* comme si je l'avais sorti de dix ans de coaltar.

Il sentait le petit déjeuner et le gel douche bon marché. J'ai dit *tu sens le gel douche pas cher.* Il a reniflé la peau de son poignet, a fait la moue et je l'ai embrassé encore. On était près d'une épicerie de nuit, le gérant était là, devant ses étals de fruits, à nous dévisager, mais ça l'intéressait pas vraiment. Il devait en voir des couples qui s'embrassent, et aussi des couples qui se séparent devant son rayon frais.

Ensuite il m'a demandé de faire deux pas en arrière. Pas l'épicier, hein, mon mec et son odeur de gel douche fleur d'oranger. Il a reculé lui aussi. Il a planté ses yeux dans les miens. Silence. Il est revenu près de moi, *désolé, je voulais vérifier que t'existais bien.* Ouais, un peu mielleux le gars mais moi aussi, merde, moi aussi, je voulais être sûre qu'il existait, ce regard, couleur de cigare et de bourbon, je voulais de la certitude au kilo, allez on laisse la ville glisser et marivauder entre nous deux, et pendant ce temps on se touche, on vérifie, pendant ce temps j'ai compté les secondes éternelles, je me suis cachée dans son cou, j'ai senti ses bras me protéger, j'ai senti le danger détaler et les défaites mourir, certains appellent ça l'amour, moi j'appelle ça les secondes éternelles.

Et il faut leur coller au train à ces secondes-là, même s'il fait froid, faut tenir, tenir, s'accrocher, crampons dans la glace, cagoules bien enfoncées, trois paires de gants si tu peux parce ça va vite et ça fait froid partout. Je suis sortie avec tellement de garçons que j'ai la trouille de compter. Je les ai tous un peu aimés, parfois j'ai cru crever d'être trop amoureuse et le lendemain c'était déjà fini. Rien ne restait, tout se barrait avec les bourrasques. Ce soir-là ça tenait, ça faisait pas froid, ça faisait pas mal. Au moment de traverser la rue, une voiture est passée tout près avec un vacarme de moteur qui tourne pas rond et il a pris ma main. J'avais pas eu peur mais j'ai fait comme si, pour qu'il se sente utile. Les gens pensent vouloir être heureux, en vérité ils veulent être utiles.

On est arrivés rue Lafayette. La pluie a repris, en torrents. Il a hélé un taxi et on est montés. La portière s'est fermée en coupant net le bruit de la ville. C'est ce qui me plaît dans le taxi, l'impression d'être dans une boîte insonorisée qui glisse entre les bâtiments, tout doux, comme un chausson sur le parquet. J'en prends pas beaucoup pour cause de compte bancaire succinct alors je sais les apprécier. Il a demandé si je voulais qu'il me dépose quelque part ou si j'allais rentrer avec lui. Je me suis sentie très triste et très heureuse à la fois. Peut-être que c'est ça qu'ils appellent la mélancolie, ce grand tangage. J'ai laissé le silence retomber, tranquille, dans notre petit chausson anti-bruit.

Je savais pas ce que je voulais, pourtant j'avais fait ça mille fois, prendre des décisions à la con pendant que tout le monde dormait. Il attendait que je décide, sans sourire. Ses doigts tapotaient une petite valse sur son genou.

– Tu sais, je peux te déposer chez toi. Les deux options sont parfaitement équidistantes du plaisir.

– *Equidistant to pleasure*, ça ferait un bon titre d'album pour un groupe new wave.

– C'est vrai. C'est tout ce que j'ai retenu des cours de maths. Des mots qui claquent. Équidistant. Parallélogramme. Octogone. Y a pas à dire, les origines grecques, c'est quand même quelque chose.

J'ai ri, un rire qui disait *arrête ton char*.

– Le mec il est vingt-cinq pour cent grec et il se prend pour Thanatos.

– Thanatos. C'est pas le dieu de la mort, ça?

On glisse rue de Rochechouart, celle qui grimpe. Il attend toujours.

– Je vais venir, mais je dormirai chez moi après.

Il avait l'air un peu étonné. Il a passé la main dans ses cheveux en me regardant.

– Si tu veux.

– C'est que… je crois pas aux matins. Je crois que les belles choses ça résiste pas au réveil, aux trucs normaux, au journal lu au petit déjeuner, aux visites chez les parents. Il faut laisser ça à ceux qui préfèrent l'ennui.

– Si tu le dis. Je crois qu'ils appellent ça différemment, ils disent que c'est le confort.

– C'est pas une vie, ça, le confort.

Il a ri à son tour, un rire chaud qui a rempli notre taxi-chausson de son haleine, tabac, gin, tout ça.

– Te marre pas ! La vie ça se traverse à l'opposé du confort, la vie c'est la guerre.

– La guerre ?

– La guerre. Pour rester jeune à jamais, intarissable. Pour se débattre contre la norme, la famille, la propriété, ces choses obscènes. Face au vent. J'en crèverai s'il le faut. Le monsieur il doit penser que je suis folle.

J'ai tiré mon corps vers l'avant, les mains sur le siège du mort. Le chauffeur avait gloussé en m'entendant.

– Vous pensez que je suis folle, monsieur ?

– Oh non ! Moi je pense que personne n'est fou, madame. Regardez-moi. Je conduis une voiture en rond toute la nuit et ça paye à peine le loyer. Ma femme me dit que je suis fou, alors vous voyez…

Il avait une voix délicieuse, avec un accent rond et rassurant qui suggérait que rien n'était faux, jamais. Qu'on pouvait tout lui dire. Le grand pardon.

– Je trouve ça beau comme métier. Vous êtes témoin de toutes nos histoires. Vous savez tout. Et puis vous nous avez sauvé de la pluie.

– Merci madame.

– Quand vous êtes triste vous travaillez quand même ?

– Je n'ai pas le choix, madame. Six jours sur sept dans mon taxi. Il faut rembourser la plaque. Même sous la neige. Et vous savez, on est triste parce qu'on pense au passé. Dans mon taxi, je ne pense pas au passé. Je suis concentré sur la route à prendre. Les GPS, ils ne sont pas tristes, n'est-ce pas ? Eh bien les chauffeurs c'est pareil.

– Moi c'est les lieux trop loin qui me rendent triste.

– Je vous y emmène. Pas de problème. Le compteur tourne.

Il a éclaté de rire. Je me suis avachie dans mon siège. Le taxi-chausson ne faisait plus aucun bruit. Feu rouge en haut de la rue de Rochechouart. Pause. Mon mec me scannait de haut en bas.

– Me regarde pas comme ça. On dirait que tu me déshabilles.

– C'est une mauvaise chose ?

– Non. Juste trop tôt.

Le taxi est passé devant un bar que j'aimais, j'en ai parlé pendant les quelques minutes qui ont suivi. L'idée c'était de changer de sujet, ne pas déballer que j'avais déjà fait ça des centaines de fois. Que j'avais vraiment pas été difficile à enlever au monde. Mais c'est parce que le monde m'a toujours semblé décrépi, fini. J'étais jeune, moi, je dessinais le futur d'un coup de reins. J'ai vite compris que me refuser à une envie du corps me vieillissait, et que céder à ses avances me rendait une jeunesse brillante, acérée, insatiable. Pas de langage mais ce bout de chair, là, qui dit plein de choses. Langue de courroux et d'appétit, message lancé à la population. Tout ce que j'ai eu à dire est passé par mon corps. Il le sentait, peut-être, et c'est pour ça qu'il me reluquait. J'ai levé un peu la jambe pour qu'il voie l'intérieur de ma cuisse. Pour tout rendre à la jeunesse. Acérée, insatiable.

On a dit au revoir au chauffeur, sa voix géniale a résonné en écho, on est descendus du taxi dans l'air trempé.

– Si j'ai bien compris, toi qui n'aimes pas les choses trop simples, j'aurais dû te bander les yeux pendant le trajet, pour que tu ne puisses pas le retrouver, mon appartement.

– T'es bien sûr de toi. C'est probablement la dernière fois qu'on se voit.

Mauvaise blague. Sur son visage, tout de suite, il y a eu l'empreinte de la solitude, grise, méchante. J'ai regretté mais je me suis dit *ça lui apprendra*. Les garçons m'avaient toujours servi à ça après tout : l'apprentissage du chagrin. J'avais déjà décidé de l'aimer, c'était juste des mots. Je savais pas à quel point les mots tuaient. Longtemps, longtemps je regretterais ces paroles à la sortie du taxi.

Pour me faire pardonner j'ai pris sa main dans l'escalier, j'ai dit *sois gentil, y a que ça qui compte*, il a dit que bien sûr il serait gentil, que de toute façon j'allais bientôt rentrer chez moi pas vrai ? J'ai répondu qu'il fallait pas faire trop attention à ce que je disais, que je fabriquais mes phrases trop vite, comme les adolescentes, que c'était une manière de me sentir en vie, de flirter avec les hautes ondes. Il a repris des couleurs.

On en avait, de la hauteur devant nous, sixième étage sans ascenseur. Un square plongé dans le noir en face de l'immeuble, la rue

Caulaincourt qui dormait, plus loin les lueurs de Paris et puis, au-dessus du puzzle de toits gris, la fin de Montmartre, le Sacré-Cœur éteint et le ciel, orange et noir, ciel de pluie et de lumières détournées. On a bu un peu plus, écouté de la musique. Il avait des disques rares, posés partout par terre. J'ai demandé s'il les avait volés. Il a cru que je plaisantais. Moi les disques je les volais. Sur la platine Nick Cave chantait son *Jubilee Street* en concert quelque part à Copenhague, c'était marqué sur la pochette. La chanson sonnait d'autant mieux que je l'imaginais volée. C'était bon, très bon, et moi j'ai dansé pour mon nouvel amant au milieu du salon minuscule, lentement, comme le tempo, comme la ville derrière la vitre, comme ce blues de fin du monde sur lequel on n'est pas censé danser, et quand la voix a sangloté *I'm transforming, I'm vibrating, I'm glowing*, j'ai tourné mon visage vers le plafond et j'ai fini mon verre d'une gorgée et j'ai dansé encore. Il a commencé à me regarder différemment, comme s'il sentait que je lui échappais. Je lui échappais un peu, d'ailleurs. Je me sentais la maîtresse de toute la ville. Nick a crié *well, look at me now, look at me now!*

Je dansais et j'avais la tête qui tournait, cette tête qui tourne toujours au moindre prétexte, et la musique accélérait, la batterie fissurait les murs, les guitares dégueulaient la tristesse de l'univers alors j'ai mis plus fort, plus fort, et dans le disque Nick criait encore, *I'm transforming, I'm vibrating, hey, look at me now!*, tête qui tourne, pieds qui glissent, respiration qui sprinte et mon homme a rougi, il s'est levé et il m'a embrassée, pile quand le morceau s'arrêtait, bon timing, bonne technique, baiser doux puis fort, très bien décidément, huit sur dix. C'était un live, le disque, alors les gens nous ont applaudis.

Je me suis retournée et j'ai posé les mains sur la vitre. Il a passé ses bras autour de mon ventre, respiré la sueur dans mes cheveux.

Je me suis retournée à nouveau, il a mis sa langue dans ma bouche, avec une sorte d'urgence cette fois. Neuf sur dix.

Les lampadaires, les toitures et les avenues en bas s'infiltraient en moi, je devenais un bout de ville, fille et boulevard, fille des boulevards. J'ai dit *et maintenant on se déshabille*. C'est comme ça que le monde m'a voulue et c'est comme ça que je l'ai traversé. Déshabillée face à ma ville.

D'autres étudient le cosmos ou sauvent des pandas, moi je suis pas la plus futée, j'ai transpiré dans les bras des autres jusqu'à me sentir bien. J'ai pris leurs sexes dans ma bouche pour vérifier la réalité de la chaleur, j'ai été obscène et douce, sœur et putain, j'ai été moi et personne n'a jamais saisi ce que ça voulait dire.

Le disque qui s'arrête, ses mains qui s'affolent et les vêtements qu'il jette loin de nous.

On a fait l'amour, longtemps mais pas assez, les hommes sont toujours décevants au début. Il faut les éduquer. Mets ta main ici, mais pas là, fais-toi discret ici, acharne-toi là.

J'avais faim, j'ai mangé des restes dans son frigidaire. Il a dit *normalement les gens sont laids sous la lumière du frigo, mais toi t'es belle, en sous-vêtements et une boîte de kimchi à la main*. J'ai dit que le kimchi c'est pas vraiment sexy, il a dit *détrompe-toi*, mais il a pas développé, alors je me suis demandé s'il avait pas eu une petite amie coréenne, genre star de K-pop qui danse mille fois mieux que moi, et je me suis sentie jalouse, comme quoi on est pas grand-chose. On a fait l'amour encore, c'était mieux, j'ai joui et j'ai pris soin de crier suffisamment fort pour que tout Montmartre le sache. Plus rien ne s'intercalerait entre le plaisir et le fracas de la ville, les moteurs qui s'emballent et ceux qui restent au garage, les verres qu'on casse et ceux qu'on garde pour les mariages, le calme et le tumulte, les filles qui crient quand elles jouissent et celles qui gardent tout pour elles, celles qui griffent pour laisser un message à la prochaine et celles qui se mordent les lèvres de peur que le plaisir ne leur échappe.

Je suis pas rentrée chez moi. Il a proposé de m'appeler un taxi une fois, deux fois. Il a ajouté *et si je lis le journal devant mon café le matin, comme un vieux ?* J'ai dit que j'étais prête à prendre le risque, mais qu'il avait le droit de m'épargner la lecture du journal. Je me suis mise en boule sous la couette, j'ai chuchoté *viens, pour une fois que j'ai envie de dormir*. Il a dit *maintenant je suis sûr que tu existes.* J'ai placé une main sur son front, j'ai fermé les yeux. Parfois je ferme les yeux et j'ai peur que ça suffise pour mourir.

5 /

C'est fou de se réveiller un matin dans les bras d'un homme. C'est tout calme, tout facile, alors qu'au pied de l'immeuble et sur des dizaines de kilomètres alentour la cité toupille, hurle et bascule, les gens se cognent et se quittent, les gens se violent et se tabassent. Le lit, c'est l'œil du cyclone. Et pourtant, et pourtant, c'est bon de s'y fier, de s'y perdre et de laisser le réveil sonner, sonner.

Et puis il a fini par l'entendre, le réveil, et par le couper. Un reste de pluie tombait de la gouttière sur le rebord de sa fenêtre. J'ai souvent eu l'impression d'être morte à la naissance et de renaître par épisodes abrupts. Ce premier matin je me sentais naître par tous les pores. Mais ce qui était nouveau, perturbant même, c'est que j'avais pas envie de rentrer chez moi. Pas de fuite en vue. Pas de débâcle.

Il était trop tôt pour moi. Paupières collées, langue pâteuse, jambes qui tremblent. Pas sûre de savoir où je suis. C'est quoi ce lit sous les poutres, c'est quoi cette taie d'oreiller rouge ? Il s'est levé, a préparé du café. Il dormait peu, ce garçon. En enfilant une chemise, il m'a dit *tu sais, je me lève toujours avec le soleil.* J'ai dit que c'était une mauvaise habitude, que Paris le matin ne pardonnait pas. Il a souri. Il souriait souvent, je l'avais remarqué la veille au bar, un sourire grave et plissé, le sourire des mélancoliques. Sourire d'averse. Et comme tous les mélancoliques il m'a aimée.

J'ai une théorie à ce sujet, elle est de moi celle-là, le titre ce serait *Seuls les garçons-chagrins tombent amoureux de moi*. Ça fait beaucoup de monde. À Paris, tout le monde gambade sur la lisière de la dépression, alors ils m'aimaient bien, les garçons. Ils m'envoyaient un petit message quand venait la nuit, et au final en ville on me confondait avec le crépuscule. J'aurais bien aimé qu'on m'écrive aussi à midi, mais j'étais pas ce genre de fille. De toute façon, à midi je dormais.

Dans sa petite cuisine en longueur, avec une fenêtre floue au bout, il a préparé un café noir comme le charbon. Il m'a tendu une tasse. Quand je lui ai dit que son café était trop fort, il m'a répondu *c'est du café, si tu mets du lait dedans c'est plus du café, c'est du lait*. Il ne plaisantait ni avec le café ni avec l'amour. On a petit-déjeuné ensemble ce matin-là, engourdis par le sexe et la gêne. L'odeur de la chair se mêlait à celle de l'aube qui était plutôt celle du coucher que du lever pour moi, alors j'étais paumée. Je comptais les couleurs dans ses cheveux. Il y avait pas de journal. Pas de télé allumée. Pas de signe de relâche. Pas de crève-cœur non plus. Rien qui aurait pu me faire paniquer, m'habiller en sautillant à travers l'appartement, balançant un *OK salut*, avant de courir jusqu'à chez moi et d'effacer son numéro. On était bien, comme sous un brumisateur de supermarché. Il a préparé une omelette. Il s'est brûlé le pouce. Il m'a promis que c'était pas la première fois de sa vie qu'il cuisinait, mais qu'il était mauvais, c'est tout. Il a mis du dentifrice sur la brûlure, la Biafine du pauvre. Sur ma langue je sentais encore l'alcool de la veille. J'aurais voulu boire un whisky pour éliminer la gueule de bois à la source mais j'ai préféré cacher cette facette-là de moi, pas forcément la plus glamour. Il a dit qu'il serait heureux de me revoir le lendemain soir. J'ai dit *on verra.*

Et puis j'ai dit oui. On a remis ça. Sans le passage au bar, sans les baisers dans la vapeur de l'après-pluie. D'ailleurs il pleuvait plus. J'ai fini mon service à une heure dans la cave à bière pourrie qui me cassait les jambes et me payait au lance-pierre, j'ai débarqué chez lui dans la foulée. Je pensais plus aux crampes dans les cuisses, aux effluves de malt qui collent à la peau. J'ai sonné à l'interphone, il a ouvert sans vérifier que c'était moi. Le hall d'entrée de son immeuble était recouvert d'un tapis rouge, de ce rouge qui voudrait bien te dire que t'es une star, mais qui donne juste mal aux yeux. Il m'a rejointe à mi-chemin dans l'escalier, *je voulais pas que tu te sentes seule, six étages c'est long*. Il avait à peine fermé la porte de l'appartement que je passais ma main dans son pantalon. On avait envie, je voyais pas de bonne raison d'attendre.

Ce soir-là non plus je ne suis pas rentrée chez moi. Deux fois de suite, c'était fâcheux.

– D'habitude j'attends que le garçon s'endorme, je laisse un petit mot près du lit et je pars.

– Qu'est-ce qui te fait si peur dans le fait de dormir ensemble ?

– Faire l'amour c'est à la portée de tous. Mais dormir, ça, c'est du lourd. On peut faire ce qu'on veut de quelqu'un qui dort. Et si t'étais un meurtrier ? Ou juste un gros con ? C'est encore possible.

On était allongés dans le lit, on partageait une cigarette. La fumée, épaisse et bleue, s'échappait doucement par la fenêtre entrouverte. Je me demandais si les passants, six étages plus bas rue Caulaincourt, la sentaient, et si elle avait le goût de nos sueurs.

– Ou alors c'est l'inverse ? Ça voudrait dire que je te protège un peu, que t'as pas besoin de repartir dans la nuit.

– J'ai pas peur de la nuit, merci.

– Je croyais qu'on avait tous un peu peur du noir.

Il avait la voix cassée ce jour-là. Comme cabossée et pourtant plus forte que la veille.

– T'as mal à la gorge ?

– Non. Trop fumé, c'est tout. Je sonne comme Fanny Ardant, c'est ça ?

J'ai ri. Je voulais bien d'un mec avec la voix de Fanny Ardant.

– J'ai fait l'amour avec Fanny Ardant ? Cette chance. En tout cas quand je dors tu peux me tuer, tu sais. Faut que t'en sois conscient.

– Oui. Mais le meurtre, c'est pas dans mes plans pour l'instant.

Il a préparé son café-charbon tandis que le ciel passait du gris au bleu, l'air de rien. Je me suis surprise à parler à mon nouvel amant doucement. Sans faire exprès j'ai dit *mon amour*. J'étais émerveillée par ce mec qui était pas terrorisé par ces mots. Je sentais mes nerfs se distendre et mes pupilles se contracter pour mieux le voir. Il me semblait plus grand qu'au premier matin. Il grandissait en moi.

Je lui ai fait signe de revenir dans le lit. J'ai passé ma main sur son dos. Son grain de peau était irrégulier, parfois lisse, parfois rugueux, criblé de taches claires. Je dressais la cartographie de ce corps offert. Ses yeux bruns, ses mains claires et craquelées par le travail, ses cheveux bouclés par l'été alors qu'on n'y était pas encore, en été. Et je le voulais cet été, je voulais disparaître dans des saisons imaginaires, je voulais qu'il vienne en moi encore et encore, l'esprit, le sexe, le souffle, et dans le plein du jour j'ai tiré le futur tout entier.

Il travaillait à onze heures vers Denfert-Rochereau. J'étais vexée d'être délaissée pour une obligation sociale, quelque chose qui m'a toujours semblé absurde. Ça nous rend tout petits. Les décisions raisonnables me font l'effet de bombes à retardement, *ces choses-là tu les regretteras tu verras*. Il a haussé les épaules. J'avais posé mes lèvres sur la rambarde de sa fenêtre. Le goût de fer me faisait penser à celui du sang. À moins que ce soit le contraire. Il aurait fallu savoir ce qui a existé en premier, le fer ou le sang, et moi j'en savais rien. Il a attendu que je sois prête pour partir ensemble. J'ai aimé qu'il se mette en retard pour moi.

Dans l'escalier je lui ai dit que c'était incroyable d'aller au travail le matin, moi j'avais jamais travaillé le matin, et pourtant j'en avais eu des boulots.

– Ben tu vois moi c'est le travail de nuit qui m'impressionne. C'est lequel, le job que t'as préféré ?

– Aucun. Le travail, c'est l'aliénation. Ça paie le loyer.

– OK. Bon alors, autre question, ce serait quoi le pire travail pour toi ?

– Facile. Keuf ou comptable. Plutôt crever.

Il s'est tourné vers moi en arrivant devant la porte d'en bas.

– C'est marrant que tu dises ça. Mon père a été flic un an. Il s'est vite rendu compte que c'était un boulot de collabo, il a démissionné et il a fabriqué des bougies parfumées toute sa vie.

– Jolie décision.

Dehors, il a allumé une cigarette, m'en a tendu une autre. Le froid m'a giflée. Alors c'était ça, le matin.

– Tu sais, les libellules femelles font parfois semblant d'être mortes à l'approche d'un mâle, pour éviter une relation sexuelle.

– Oh.

– C'est bien fait, la nature.

C'était mon jour de repos. Et pour moi, le congé, c'est une chose sérieuse. J'allais rester au calme, *oui, je te le promets*. Il a haussé les sourcils, *je te crois à moitié*. On s'est dit au revoir devant la station de métro. Un beau baiser, long. Un mec qui vendait des briquets et des clopes derrière nous a sifflé.

Il a disparu, happé par l'escalier de la station, vilaine bouche de carrelage blanc. Je suis rentrée chez moi à pied depuis Montmartre. Tout en descente. Ça sentait l'amour. Alors oui, bien sûr, à la fin ça fait tellement mal qu'on veut disparaître dans un tout-à-l'égout, mais tant qu'à s'offrir au calvaire, autant avoir des grands baisers devant les stations de métro. Autant y aller, et puis y aller franchement, à se riper les coudes sur l'asphalte.

Le soir même je suis revenue. Interphone, tapis rouge, lui à mi-chemin dans l'escalier. L'amour six étages au-dessus de la rue Caulaincourt.

Et le lendemain matin, rebelote. On s'est dit au revoir devant la station et j'ai eu envie de le revoir tout de suite après, tout bêtement. Voilà. On s'est aimés comme ça, tout bêtement. Un an. La colère a posé des congés. *Il ne faut pas de tout pour faire un monde. Il faut un peu d'amour et beaucoup de tristesse. Le reste c'est de l'assaisonnement.* Il m'a aimée et ça m'a rendue amoureuse souvent, triste parfois, c'est simple, et pour l'assaisonnement on passe à la caisse. Il a été mon amant plus longtemps que tous les autres. Un an, ça fait longtemps, mais ça ne fait qu'un seul été, un seul hiver.

Un seul été, un seul hiver. Je l'ai pas quitté, j'ai pas renversé mon désespoir sur sa peau craquelée, je l'ai pas remplacé, non, c'est la vie qui l'a récupéré, qui m'a lâchée *allez, c'est bon, t'as eu ta dose, t'as été bien, t'as été gaie, retour dans la crasse, ma vieille.*

6 /

L'embourgeoisement du cœur. Je veux pas m'encastrer dans le rôle de la révolutionnaire de comptoir, mais Camus il avait raison, quand l'amour dure il t'embourgeoise le cœur, il t'installe des lustres à perles sous le plafond, il t'ensuque la matière grise. T'as beau garder la radio éteinte parce qu'ils passent que des chansons de merde, t'as beau refuser d'acheter tes fringues aux géants du business et des employées qui se défenestrent, t'as beau cracher sur les amoureux du grand capital du lever au coucher, t'as beau fricoter avec les anars le soir venu, t'as beau être en découvert passé le douze du mois, tu t'embourgeoises. Alors il faut se secouer. Balancer des frissons dans la colonne vertébrale.

Là-dessus on était d'accord. Dès le début on s'était dit *on s'enferme pas, il faut embrasser d'autres gens, il faut qu'on se manque, qu'on se rate.*

Au final on a pu se tromper. On s'aimait. Un an, ça suffit à créer une sorte de plâtre sentimental. Ça sonne pas bien mais ça l'est. Il y avait tout de même un truc sur lequel on était pas raccord. Lui, c'était un amoureux de Paris, un vrai, à marcher le visage à ras de terre, à aimer les pavés comme des pères. Pour moi Paris c'était un gros terrain de jeu déglingué, juste ce que je voulais, mais je sentais qu'il y en avait d'autres, plus grands encore, des endroits auxquels j'avais pas accès faute d'argent, alors si on voulait pas s'embourgeoiser le cœur il fallait bouger, changer le paysage, le faire claquer comme des diapositives.

Alors quand en juin on a finalement eu trois jours de congés en même temps, je l'ai convaincu de partir. Oh, on n'irait pas loin. Pas le fric, pas la force, avec son travail qui n'en finissait pas et le mien qui faisait de mes jambes des bouts de coton. On est allés voir l'océan. Pas pour *fêter nos un an*, hein, on avait notre dignité. Mais quand même. Ça faisait un an. On était bien, là, avec notre rotation de la Terre autour du soleil, bien gérée. J'étais pas peu fière. Mon record personnel, mais oui, prenez note, et veuillez insérer ici les cris de la foule déchaînée.

C'était une petite ville sur la côte atlantique, une ville faite pour tout laisser tomber. *Let it go, kiddo.* Je l'entendais entre tous les rocs et sous toutes les pergolas, après une semaine de travail et de fatigue dans Paris asphyxié. *Let it go, kiddo.* On avait rien prévu, on avait prévenu personne, on se contentait de prendre le large. Je lui ai pas dit que la petite maison qu'on me prêtait appartenait à un ex, j'ai dit que c'était un ami. Qu'est-ce que ça pouvait bien faire au fond? Nous on était ensemble depuis un an alors que l'autre histoire avait échoué lamentablement au bout de quelques jours, et on était devenus potes. Nous on s'aimait, c'était différent. Vouloir toujours la vérité, c'est un truc d'idiots. J'avais les clés de la maison, j'avais l'adresse en poche, j'avais trois jours de congés. On a rendu visite à ma grande sœur avant de partir, on a bu un coup ou deux chez elle, c'était bon de la sentir là, contre mon corps quand on s'est dit au revoir. Elle a dit *trempez les pieds dans l'océan pour moi.* Mon homme était content de voir l'océan, lui aussi. Je m'étais moqué de lui quand je l'avais vu mettre dans sa valise quelques affaires de travail, je lui avais dit que selon ce que j'avais lu dans les romans les week-ends à la mer étaient faits pour marcher, faire l'amour et boire.

On a pris le train de 17 h 36, à minuit on avait déjà fait tout ça.

Lendemain matin. Café-charbon, fort, fort, fort. Je me suis demandé comment il faisait pour faire ce café-là même dans la maison d'un inconnu. C'était bien le genre à transporter des grains de café dans une petite boîte en fer, discret.

Il a voulu faire des courses, il a dit qu'avec une cuisine comme celle-là, vue frontale sur les dunes et le ciel, on n'avait pas le choix. J'ai dit d'accord, même si j'aurais préféré foncer voir l'océan. Payer mes hommages, quoi.

Les courses au marché dans un village, c'était une première. Quel enfer. C'est interminable, on nous vend une fabuleuse histoire à chaque étal quand en vérité on cherche de quoi tapisser nos estomacs pour pas tomber en coma éthylique à cause de tout ce vin qu'on boit. Les gens s'emmerdent tellement ici qu'ils étirent les courses au maximum, c'est soit ça soit ils butent leur famille et eux ensuite, alors forcément. C'est une épreuve de patience à laquelle tout le monde perd. Il faut acheter la viande par ici et les fruits par là-bas, les gens discutent devant les stands, se donnent des conseils ou pire encore font leurs courses avec leurs enfants qui nous chialent dessus alors qu'on veut juste acheter trois tomates, et si on s'extasie pas *oh là là mais qu'il est mignon* c'est tout juste si on passe pas pour des tueurs en série, tout ça m'ennuie, j'ai cette sensation, loin dans les entrailles, que je suis faite pour autre chose.

Il faisait chaud. Je pouvais entendre les perles de sueur rouler sur ses tempes. Il préparait le déjeuner, je lisais des magazines périmés. J'achetais jamais les magazines. Pour moi c'était une curiosité de salles d'attente. Je le regardais s'affairer dans la cuisine noyée de lumière. Il avait chaud mais il a dit qu'il aimait ça, cuisiner au soleil, les fenêtres ouvertes sur le jardin jauni, criblé de mauvaises herbes. Il me parlait en boucle d'une idée qu'il avait eue dans le train, une idée qui selon lui enverrait la tristesse et les amours perdues au vide-ordures. Une histoire de rêves. Il en avait parlé toute la matinée. C'était fou, comme idée, et c'était grand aussi. À l'écouter c'était pas une idée, c'était une découverte. Je le regardais, mon scientifique de bord de mer, je me disais qu'il était beau.

Plus tard on irait se baigner, mais pour l'instant on restait à l'abri dans notre maison de fortune qui tremblait avec les bourrasques. Petite bicoque sans luxe et sans superflu, comme toutes les maisons faites pour que s'échappent les amants, et qui nous envoyait à la gueule un peu trop de nature. J'y connais rien au luxe, j'y ai jamais eu accès, mais j'imagine que par charité il faut le laisser aux riches et à leurs gosses qui sauraient pas quoi faire sans. Nous on se sentait bien là avec nos papiers peints flétris et nos carrelages fendus. Ma sœur disait toujours qu'il faut savoir être peu de chose. On était peu de chose ce midi-là, à parler de rêves et de cuisine, à se planquer du vent.

L'océan. On a fini par y aller. Sur le chemin de gravier qui nous y menait, il a dit que les immeubles des petites villes le déprimaient profondément, qu'ils s'appelaient tous pareil, *Perle du littoral* ou *Résidence Albatros*. Les graviers ont doucement laissé place à un sable-poussière qui collait aux semelles.

Et puis l'immense plage droite, le sable maintenant à perte de vue. Quelques serviettes ici et là. Le vent irrégulier, en colère. Des rafales à te plier le corps en deux, le calme soudain, et de nouveau un vent comme un coup de feu. Un parasol multicolore s'est envolé. Arme joueuse, terrible, plantant son dard au hasard dans le sable, terrorisant une touriste au passage, et qui s'est finalement logée dans un creux de la dune.

C'était pas tranquille ce jour-là. Des vagues épaisses crachaient leur écume jaune et c'était comme si tout l'océan criait, un océan sans bouche mais qui criait, un océan sans visage mais qui me fixait, un océan qui m'ordonnait de partir, vite, vite.

Je suis pas partie. On a trempé nos pieds dans l'eau froide, je me suis arrêtée aux mollets, et j'ai dit *non c'est pas possible* trois ou quatre fois à toute bringue. Le parasol multicolore a recommencé sa course braque. Un ou deux frissons plus tard j'étais de retour sur ma serviette. Faut pas trop pousser, quand l'eau est froide, elle est froide. Il m'a suivie mais déjà il voulait y retourner, *quand même, c'est beau ces vagues, ça donne envie de se rouler dedans*. J'ai pris mon livre en grelotant. Je l'ai regardé, il m'a regardée, puis il a planté son regard dans l'océan un petit moment. J'ai dit *t'es beau*. Il a fait semblant d'être surpris, pour me faire rire. Il a lâché *je vais nager*, il a choisi deux galets qu'il a posés sur sa serviette pour la lester et il s'est levé. Depuis ma serviette l'océan était doré ou noir, ou les deux. Pas bleu, pas mimi. Il prenait toute la place. La silhouette de mon homme est devenue une ombre fine et agile dans le contre-jour. Les jambes dans l'océan, puis tout le corps.

Même de loin je l'aimais. On pourrait revenir ici un jour, plus longtemps. On ferait ça pendant des semaines, les allers-retours à la plage, les théories sur les rêves, les déjeuners cachés du vent.

Il a plongé dans le creux d'une vague, j'ai retenu mon souffle avec lui, et j'ai repris mon livre, *La Violence du calme*, c'était le titre.

C'était pas facile de lire. Trop de soleil, et le vent qui bazardait l'écume et le sable devant, derrière, partout. Ça envoyait des torgnoles. Cris de mouettes parfois, grondement de vagues tout le temps. Au bout d'un quart d'heure j'ai levé les yeux de mon livre, je l'ai cherché, mon homme, je l'ai pas vu. J'ai senti comme une coulée de béton dans ma poitrine. Battements de cœur suspendus, qui reprennent en marteau-piqueur.

Coulée de béton. La peur paralysante, la peur qui touche au délire. Je me suis levée sur ma serviette. Un grand frisson chaud m'a traversée, lourd comme la fièvre. J'ai mis une main en visière pour me protéger du soleil, comme dans les films. Je l'ai cherché. Encore. Encore. J'ai pas appelé les secouristes, là à cent mètres devant moi, j'ai pas crié, pas plongé. Pendant quelques minutes j'ai juste eu peur, en bloc épais, mauve, sale. Je pouvais pas bouger. Je tremblais. J'avais l'impression de le voir entre chaque vague, mais c'était jamais lui. Il y avait le ciel mais il n'y avait plus d'air. De toute façon je respirais plus. Je pensais très fort à lui, comme si ça allait le matérialiser, lui qui devait nager là, quelque part devant moi, lui que j'arrivais pas à sauver, à moins que l'on estime qu'il faut être sauvé d'être vivant, délivré d'exister, mais ça c'est mon idée à moi, il aurait pas été d'accord, et puis, merde, je l'aimais. Ça suffit pour vouloir rester en vie. J'ai couru vers le poste de secours.

Je suis arrivée au pied de la chaise blanche du secouriste, un grand type bronzé, j'étais essoufflée, j'ai dit *je sais pas où est mon ami*. J'ai pas dit *petit ami* ou *amant* ou *amoureux* ou *partenaire*, j'ai dit *ami*, petit mot triste qui veut rien dire. Je pensais être pudique, j'étais juste conne. Il a appelé le poste à l'autre bout de la plage avec son gros talkie-walkie orange, on aurait dit un jouet. Puis il a pris ses jumelles et m'a demandé depuis combien de temps j'avais perdu de vue mon ami. Ça faisait un bon quart d'heure, j'ai menti et j'ai dit *cinq minutes*.

Il a opiné de la tête sans me quitter des yeux, puis s'est concentré sur les jumelles. Il scannait l'océan de droite à gauche, sorte de caméra de sécurité un peu ridicule. Ses collègues sont arrivés en courant, ils m'ont posé des questions, où, quand, comment, à quoi il ressemble, quel âge il a, quelle couleur son maillot, est-ce qu'il nage bien, j'ai répondu à toute bringue, ils sont partis en direction d'un zodiac rouge et noir qui s'approchait de la plage depuis le large. Ils ont sauté à bord et ont commencé à dessiner de grands ovales entre les vagues.

Quarante minutes. Les recherches ont duré quarante minutes. Le vent soufflait plus fort encore. J'avais les pieds dans l'eau. Je sentais plus le froid, tu parles, je transpirais. Les vagues se pointaient en lignes droites, espacées de plusieurs dizaines de mètres. Certaines éclataient au loin, d'autres beaucoup plus près. Un hélicoptère est venu. Le sifflement des hélices, le ronronnement du zodiac, plus doux, l'ombre de l'hélicoptère sur les vagues, les pompiers qui m'apportaient des bouteilles d'eau avec des mots gentils, les talkie-walkies qui ne parlaient que de lui, de moi, de nous. Ces bruits me disaient *on te le ramène, ton mec, attends un peu*. Je voulais le serrer dans mes bras pour tout le reste du week-end, sentir sa peau et sa sueur, mettre à la poubelle la frayeur grasse qui me cassait les épaules. Les recherches ont duré quarante minutes, pour moi c'était mille ans.

Enfin deux pompiers sont partis à la nage d'un côté, et l'hélicoptère s'est mis en stationnaire. Le zodiac était à l'arrêt. Ils allaient tous vers le même point, mais c'était derrière la ligne des vagues, je voyais pas. Le soulagement m'a coupé le souffle. Ils l'avaient trouvé, il avait dû dériver comme tous ceux qui nagent trop loin et connaissent que dalle aux courants. J'allais l'engueuler, mais surtout j'allais l'embrasser à en faire sauter l'oxygène. La mer déchirée par les rafales changeait de couleur dans le contre-jour, recrachant ces bulles jaunes partout, et puis le bruit, ce bruit de vagues qui couvrait celui des pales noires qui tournaient, qui tournaient.

Je me suis élancée vers les secouristes pendant qu'ils le soulevaient hors du zodiac. Ils l'ont allongé sur le sable. Ils m'ont bloquée, ils m'ont empêchée d'approcher. Ils se parlaient à toute vitesse, je comprenais rien.

La sueur piquait, recouvrait chaque centimètre de mon corps. J'ai crié. Aucun son. Je criais du silence. Et puis son corps, là, dans les bras des pompiers, son corps sur la plage, son corps sur la civière, son corps dans l'ambulance, son corps qui s'en va. J'ai couru derrière eux, mes jambes m'ont lâchée, les sauveteurs m'ont transportée vers leur camion. Ils m'ont dit de monter, ils m'ont dit que je pouvais pas aller dans l'ambulance, ils avaient besoin d'air, mademoiselle, il fallait que je les écoute, que je les laisse faire leur travail. J'ai dit que je voulais pas que ses derniers mots soient *je vais nager*. Ils m'ont dit de me calmer.

Ils m'ont dit que c'était difficile de déterminer l'heure exacte du décès, mais qu'ils l'avaient constaté à seize heures, donc ils allaient écrire seize heures. Je ressentais que dalle. J'étais absente. J'ai dit *écrivez seize heures seize, il aurait préféré ça, au moins ça sonne bien.*

Je lui avais refilé seize minutes de vie. Tout le monde ne peut pas en dire autant.

À la morgue la lumière est bleue, glaciale comme le vide qu'on a tous droit devant nous. Pas d'échappée, pas d'excuse à tisser en dernière minute, rien que le froid qui tord le bide. Je me suis assise par terre dans un coin de la morgue, je me suis dit que c'était fini les baisers devant les stations de métro, les cafés-charbon, les tentatives d'être normale, les glissements de terrain sous le cœur.

On m'a demandé *veuillez identifier le corps de votre ami*, tiens, *ami*, encore ce petit mot de rien du tout. Je pouvais pas. Alors un type est venu me chercher dans mon coin et m'a dit *c'est juste une formalité, mais prenez votre temps, soyez sûre, il faut que vous soyez sûre*. Je l'ai suivi. Lui et son assistant ont fait quelques pas en arrière. Est-ce que c'était encore mon homme, là, gris, pâle et moite ? Le corps était rempli de sel et d'algues, il était lourd d'un sable sale. Il sentait mauvais. Sur la plaque en métal j'ai caressé ses épaules, ses jambes, ses poignets, tout ce qui pourrait plus tard faire écran entre moi et la guerre.

Je lui ai pas assez répété que pour résister à ce monde je me préparais à la guerre, tout le temps. Que pour moi faire l'amour c'était envoyer des messages à l'ennemi. Je le protégerais de moi-même, puis de tout le monde. Je l'aimerais toujours, lui qui m'avait réparée, lui ma boîte à outils. J'ai même pas eu le temps de lui dire ça.

Le vin a pas le même goût quand il est bu au lit. Les flamants roses en migration préfèrent voler la nuit. Les démocraties n'existent plus. Les gens qui veulent le pouvoir sont des psychopathes. Il pleut des diamants sur Neptune. L'univers doucement s'agrandit et se refroidit. Je lui ai rien dit de toutes les vérités simples qui fractionnent mon esprit comme des fins de saisons. Il y en a des milliers comme ça. Moi, je lui aurais tout dit. Il est parti avant. Mais je le jure, je le jure que je lui aurais tout dit.

Oui, c'est lui. Ma voix a résonné dans la morgue. Puis ça a déferlé. Les sanglots, lourds, des tas de ferraille dans le corps. J'ai pleuré tellement longtemps qu'on m'a demandé de partir, on m'a dit que la morgue allait fermer maintenant mais que je pourrais revenir le lendemain. J'ai toujours pensé que la mort n'était pas si terrible, que c'était être libre enfin, et pourtant j'ai pleuré, des jours entiers j'ai pleuré. Je croyais devenir aveugle. En fait je ne voulais plus rien voir, c'est tout.

Je suis revenue à la morgue le lendemain et j'ai pleuré, j'ai retrouvé Paris et j'ai pleuré, j'ai raconté la scène à la police et j'ai pleuré, j'ai raconté la scène à ses parents au téléphone et j'ai pleuré, au supermarché j'ai pleuré encore. C'est fou toute cette flotte qu'on a en nous.

Je suis pas allée à l'enterrement. Impossible. Je pouvais plus bouger. Mon corps était dévoré par le chagrin. Je voulais le rejoindre, écouter sa théorie sur les rêves encore une fois, lui crier *mais non va pas nager c'est nul viens on rentre et on enlève nos vêtements.* Je lui parlais la nuit. J'avais hâte de crever.

Le monde est divisé en deux : ceux qui pensent qu'être né est une chance, ceux qui pensent qu'être né est une punition. Ça s'arrête là, tu peux t'épargner Kant et Marcuse, tu peux quitter les bancs d'école, tu peux annuler tous tes plans, c'est tout ce qu'il faut que tu saches.

Et moi je pensais qu'être née c'était terrible. Parce que les parents sont des monstres et les enfants aussi. Parce que tout le monde nous manque tout le temps. Parce qu'on s'abîme et qu'on n'arrive pas à ne pas s'abîmer. Parce que c'est les pires d'entre nous qui gagnent à la loterie de la naissance. Parce que c'est mon expérience, tout ça. Mais lui je l'aimais, plus que tout, plus que moi-même, trois fois, dix fois plus, j'étais folle de lui. Et quand l'idée que la vie puisse finalement être un cadeau me traversait, je l'ai perdu, mon homme.

C'est tellement dur d'être là, vivante sans lui. C'est n'importe quoi. Et puis il faut que je le dise. Au cours de ces premières minutes à la plage, où j'ai hésité à alerter les sauveteurs, je l'ai tué. Pas de couteau, pas de mitraille, juste la terreur face à l'amour qui me quittait. Je l'ai laissé crever dans la mer sale et jaune, et pendant ce minuscule délire j'ai vraiment, vraiment, vraiment pensé *il en a de la chance.*

7 /

La voiture faisait un boucan terrible, des vraies torgnoles à chaque accélération, et le levier de vitesse qui raclait une fois sur deux dans un bruit d'arbre arraché par le vent, un râle avec plein de *rrrr* dedans. La boîte en bronze, je l'appelais, ma voiture. BMW 520 millésime 1980, ça sonne bien mais c'est un fond de tiroir, je l'ai achetée trois fois rien à un vieux tocard au permis confisqué, pour pouvoir m'échapper de Paris la nuit, conduire au hasard. Ma nouvelle grande trouvaille. Conduire la nuit. Sérieux, c'est magique. Elle était marron, même si la notice annonçait un truc comme *bronze majestueux* ou *bois d'Olympe*, parce qu'au service marketing ils s'étaient dit que marron ça sonnait trop comme... marron. Moi ce que j'adorais c'était d'avoir une voiture de papa de petite banlieue, une voiture qui te supplierait presque de lui offrir un tennis le dimanche ou un embouteillage sur l'autoroute du soleil. J'avais une couverture dans le coffre au cas où je fatiguais, je dormais alors sur la banquette arrière, frigorifiée mais heureuse.

Personne n'est monté dans cette voiture, à part la petite frangine. La postulante, son surnom depuis qu'on est petites et qu'elle me suivait partout comme une sorte d'assistante dévouée, au collège, à la maison, dans la rue à mater l'intérieur des bistrots, ou dans le métro, notre quartier général. Cachées au milieu des adultes. Même après, même grandes, on était camouflées, blotties parmi des âmes plus censées, plus rentre-dans-le-cadre, plus adultes quoi. Parfois la petite sœur m'accompagnait dans mes virées de nuit. C'était l'occasion de parler de nos mecs et de tout ce qu'ils rataient. Qu'est-ce qu'on se marrait. Tu pourrais penser que puisqu'on est pas moches on se récupère le haut de la pile, tu parles. Soit on avait marché sur une fourmilière à cons, soit il y avait un congrès des sales types dans Paris depuis des années et on était les dernières à pas être au courant. Moi je me suis vite calmée, mais la petite sœur elle a fait un carton. En grimaçant, poings serrés, elle a pulvérisé les records, cassé les cœurs en chaîne de production, gestes mécaniques, vengeance inouïe. Elle me racontait dans la boîte en bronze, à quatre-vingt-dix sur les départementales, et on se marrait. Puis elle est tombée amoureuse. Son amoureux est mort, suçoté par l'océan, facile, comme si c'était rien. Après ça elle a jamais été pareille, la postulante, elle avait un ballot de peine qui lui bloquait la gorge.

Ce soir-là elle m'a appelée depuis cette petite ville au bord de l'océan. Les sanglots l'étranglaient, je lui ai demandé si elle était malade. On s'était pourtant vus la veille avant leur départ, ils avaient l'air bien tous les deux, amoureux et beaux. Ils se tenaient la main sous la table, ils se mangeaient du regard.

Je comprenais pas ce qui lui arrivait, j'essayais de la faire parler plus près du combiné, mais rien ne venait à part des trucs gutturaux, des à-coups pâteux, de la douleur en salive. Je lui ai dit que j'étais là, que j'avais le temps, qu'il fallait qu'elle se calme et me dise ce qui se passait et… j'ai pas pu finir ma phrase, j'ai entendu *il est mort*.

Et me voilà dans ma boîte en bronze sur l'autoroute déserte, une heure du matin, à changer de cassette dans les lignes droites, la petite sœur en détresse quelque part au bout de la route. Deux cent quatre-vingt mille kilomètres au compteur mais elle me lâche pas ma carriole. Elle veut voir la mer, elle aussi.

J'arrive dans le patelin, je coupe la musique, je cherche leur baraque pendant une bonne demi-heure avant de trouver. Imbitables ces petites villes, donnez-moi de la bretelle d'autoroute, des échangeurs, des avenues, des sorties de périph'. La porte est ouverte. Joli petit nid, je me dis. C'est dommage, je me dis. Je trouve la frangine allongée sur le dos par terre. Visage gonflé de larmes et de sel. Elle dort. Je la réveille, elle me voit et elle se souvient pourquoi je suis là, et avant de pouvoir faire quoi que ce soit elle se met à pleurer, un sanglot lent, terrible, j'ai jamais vu ma petite sœur comme ça, à vrai dire j'ai jamais vu personne comme ça, ça sonne pas comme quelqu'un qui pleure, ça sonne comme de la souffrance pure, des sortes de cris aspirés qui sifflent. Je parviens quand même à la calmer un peu, puis ça repart. Je vais nous chercher de l'eau dans la cuisine. Il y a ses affaires à lui partout dans la maison, je les mets dans un grand sac-poubelle. Pas classe, efficace.

Je lui dis *allez on rentre à Paris et tu vas venir chez moi quelques semaines, on va te retaper, te rafistoler, tu verras, tu verras.* Elle répond qu'elle veut retourner à la morgue le lendemain, le voir encore une fois. Je lui dis que c'est pas une bonne idée, et elle se remet à pleurer. Un unique sanglot, en continu, jusqu'à la morgue à l'aube. Je sais pas comment elle respirait. Pas de pause, pas de répit. Crevasses sous les yeux de ma petite sœur. Pieds qui traînent. Les cheveux qu'elle s'arrache. Les bras qu'elle gratte jusqu'au sang.

Je l'ai attendue sur le parking de la morgue, petit carré de bitume encadré d'arbres qui avaient lâché leurs fleurs rouges partout. Le sol était criblé de ce rouge foncé séché par le soleil. Je fumais une cigarette, un type de la sécurité est venu me dire que c'était interdit. Même là on se fait fliquer. J'ai regardé la petite sœur sortir de la morgue en cachant ses yeux du ciel déjà trop clair pour elle, je me suis sentie vide et inutile. Elle a trébuché sur une marche. Son visage était trempé et comme explosé par la fatigue. Elle avait l'air encore plus maigre que d'habitude. Il y avait une paix bizarre, sur le parking. Elle arrivait pas à me regarder. Elle arrivait pas à pas pleurer, elle devait voir que dalle, ou si, des rideaux d'eau sous les paupières. *Allez, on y va.*

On s'est arrêtées sur le bas-côté pour qu'elle vomisse de la bile, trois fois. On est passées à travers un orage sans le savoir, on s'en foutait. On est arrivées à Paris, défoncées par le chagrin. On a pas prononcé un mot sur tout le trajet. Y avait rien à ajouter.

J'arrivais pas à la sauver, la sœurette. Elle mangeait plus. Elle sortait plus. Elle toussait. Elle se grattait tout le temps, jusqu'au sang, elle disait que c'était pour faire sortir ce qui restait de lui. Ses avant-bras étaient déchiquetés, comme si elle dormait dans des barbelés. Elle criait dans son sommeil. Mes voisins se sont plaints de ses cris rauques au milieu de la nuit. Son corps devenait trop fin pour tenir au vent, elle avait mal à la mâchoire, au bide, aux yeux, elle avait plus ses règles, elle voyait trouble, elle était en perdition.

Elle restait belle. C'était fou de constater ça, la beauté qui s'accrochait, même là, scotchée au canapé. J'ai compris que ma petite sœur c'était une fille comme au cinéma. Et on voudrait qu'elles aient des jolies vies, les belles filles tristes, comme dans les films. Mais elles s'écroulent toutes, qu'est-ce que tu veux qu'elles fassent ces petites, la vie les poinçonne comme des tickets de tramway.

8 /

Ma grande sœur m'a foutue à l'hôpital. Pas le choix. Je tenais plus debout. Section spéciale pour les décalés de la vie, les anorexiques, les dépressifs, les suicidaires, en fait tous ceux qui ont bien compris les rouages et que le système envoie sous le tapis. Hôpital de jour, ça voulait dire qu'on avait le droit de rentrer dormir chez nous si on voulait. Je suis pas rentrée une seule fois. C'était pas la peine de sortir avant d'être guérie, la grande sœur elle disait *fais pas les choses à moitié, c'est pas notre genre, pas vrai ?*

L'automne est passé. Il aurait fallu de la révolte. La seule posture valable, la seule attitude qui soit pas reléguée aux teintes de gris. Ceux qui sont pas en colère me font flipper. Et pourtant. Et pourtant là j'y arrivais pas. Je pouvais plus. Les os qui ressortent, les angles nouveaux qui apparaissent sur le corps, les remontées acides dans la bouche, *c'est votre estomac qui se mange lui-même*, l'infirmière m'a dit, *il faut manger, s'il vous plaît*. Facile à dire. Tout ce que je mangeais ressortait, ce corps avait apparemment décidé de n'être plus qu'un cul-de-sac. Mes organes tenaient bon, mais limite. Les psys me racontaient des trucs stupides, évidemment, genre *votre petit ami il vous dirait de surmonter cette épreuve et d'avancer*, genre *l'herbe repousse toujours plus verte*, et autres métaphysiques de Bisounours. Pauvres cons. Mais ma sœur était géniale. Elle venait tous les jours, s'asseyait sur le coin du lit et disait tout le contraire des psys, elle disait *écoute petite sœur, un amour ça se finit par un grand fossé quoi qu'il arrive. C'est soit le break-up soit la mort, alors qu'est-ce que ça change ? Donc les espoirs en polystyrène des docteurs, on s'en branle, l'idée c'est que tu ressortes parce que sans toi on s'emmerde, et puis tu me manques, tu comprends ça ? Alors mange, mange, mange.* Elle prenait la cuillère et la portait à ma bouche, et cette fois je mangeais.

Le perdre comme ça, dans la houle dégueulasse, aurait pu me tuer. Il s'en est fallu de peu, mais faut croire qu'il y a une bonne étoile pour les grands bancals.

La mienne, c'était ma sœur. À l'hôpital il parait que je chantais à voix haute dans les couloirs, que je m'allongeais dans le passage. Je me souviens pas. Je voulais mourir, et je voulais survivre aussi. Je suis restée entre les deux, funambule pathétique. Ma grande sœur, elle venait et me foutait des claques mentales. Ça réveille.

Je suis sortie de l'hôpital un lundi à onze heures trente, c'était l'hiver, Paris était vide et accueillante, j'étais abasourdie par l'absence totale de choses à faire. On a déjeuné dans un restaurant indien avec ma sœur. On a passé une heure chez un disquaire. Puis on s'est promenées dans les allées du Jardin des Plantes, bien planquées dans nos blousons. Je lui ai dit *ça pourrait être ça, la vie, maintenant.* Elle a répondu que le curry tous les jours ça allait pas régler mes problèmes d'estomac. On a ri, posées là comme des feuilles mortes sur un banc avec sa peinture verte toute craquelée.

Il a fallu relire les classiques, me réaccorder au rythme des saisons, il a fallu trouver un travail, il a fallu relever le menton. J'ai réussi à pardonner le monde en me souvenant que tout était catastrophique avant moi déjà, que j'étais qu'un pion insignifiant face à l'étendue de la détresse. Consolation de fond de mortier, consolation en plastique. Mais consolation quand même.

Je lisais Dostoïevski et ses personnages qui commettent même plus le blasphème mais jugent Dieu direct, sans concession, ces hommes fous qui face aux pleurs d'un enfant s'effondrent, mettent Dieu sur le banc des accusés et lui parlent comme on parle à une petite frappe. Pour moi *un vrai mec*, c'est ça, quelqu'un qui s'effondre quand il faut. Mon mec il était comme ça, il pleurait, et il disait que Dieu c'était de la merde, et moi j'adorais ça.

Après l'hôpital je me sentais comme mes héros russes malades de malheur, je me sentais devenir une boule de colère, dense à ne plus refléter la lumière. Je pensais qu'à lui. En revenant dans Paris, je me rendais compte à quel point ce mec avait été supérieur aux autres. Doux, discret, pas vraiment adapté à la violence du monde, mais étrangement épargné, comme parfois les arbres tiennent au milieu d'un terrain dix fois éboulé. Il était plus là. Je tombais dans le vide.

J'avais des rechutes dans la démence, des phases courtes et imprévisibles. Je faisais flipper ma sœur, et à chaque fois elle menaçait de me renvoyer à l'hôpital, *la taule*, elle l'appelait. Ça marchait. Je rentrais dans le rang.

Quelques semaines après ma sortie de l'hôpital je me suis mise à prendre des bains de lait. J'avais maté un documentaire sur Cléopâtre, j'avais tout naturellement conclu *moi aussi je suis peut-être faite pour être reine*. Je l'ai dit à ma grande sœur. Elle a répondu *je te jure si tu continues à prendre des bains de lait je te remets en taule direct.* J'ai arrêté. J'en ai repris un ou deux en cachette, mais j'ai arrêté.

C'est là qu'elle a eu une idée, la grande sœur. Elle a dit que ces espèces de caprices et d'extravagances passagères, les méga-riches ils en avaient plein, c'était comme un second langage pour eux, *ça s'ennuie alors ça boit du saké aux pépites d'or, ça bute des lions et ça se maquille l'entrejambe*, donc peut-être que je devrais songer à travailler pour eux, histoire d'être dans le ton pour une fois, histoire de me hisser au-dessus du seuil de pauvreté pour une fois. J'ai tout de suite su qu'elle avait raison même si j'avais des doutes sur le maquillage de l'entrejambe. Et puis c'était bien d'avoir un but. J'ai emménagé dans un petit appartement qui donnait sur un bar à la façade rouge délavée, L'Escale, et je passais des heures à observer les clients. On peut tout savoir de quelqu'un à son choix de table, à la vitesse à laquelle il boit sa bière, à la façon dont il se penche vers son interlocuteur, et à quelle heure il rentre chez lui. Personne ne tirait la chaise de personne. Personne n'était Lui. Il faut dire que les gens étaient plutôt vieux dans ce bar. Ils avaient peut-être tiré des chaises en leur temps, ils avaient peut-être un jour eu peur que quelqu'un soit trop loin.

Je l'ai trouvé, ce boulot chez les riches. Et ils m'emmenaient avec eux. Partout. Je passais mon temps dans des avions. C'était une entreprise qui inventait un tas de choses et que tout le monde connaissait, mais ils savaient pas comment le raconter à la presse parce que leur truc c'était les lignes de code et les paquets de data, donc ils se sont dit *on va faire des conférences, c'est bien, ça, les conférences.* Moi je voyageais avec eux, je les présentais vite fait sur scène, ils étaient contents parce qu'au moins une personne était une fille et avait pas une garde-robe constituée exclusivement de doudounes sans manches, et le soir je vérifiais que les enregistrements audio de ce qu'ils avaient raconté sur scène étaient clean, et j'envoyais ça au quartier général. J'avais pas vraiment besoin de comprendre, d'ailleurs je comprenais pas. J'étais là pour montrer ma gueule et écouter des enregistrements. Ils avaient un fric pas possible. J'étais pas bien payée pour autant, mais par rapport à ce que je gagnais avant, c'était la cour des grands. Nos cartes de visite impressionnaient beaucoup nos interlocuteurs. Je me demandais souvent jusqu'où on pourrait aller dans la vie avec de fausses cartes de visite arborant ce logo. Enfin, les miennes étaient vraies. Je les oubliais jamais parce que grâce à elles on me traitait comme une princesse d'Internet. Et puis en rentrant à Paris je digérais mon jetlag en regardant par la fenêtre les habitués de L'Escale. Lentement, Paris était devenue pour moi aussi une escale.

Ensuite j'ai voulu reprendre là où mon homme au café-charbon m'avait trouvée, dans mon petit carnage sans effusion de sang. Case départ. J'avais fait le tour. Malheur, bonheur, malheur. C'était aussi simple que ça.

J'ai recommencé à sortir, à vivre, sans lui, plus maigre, cheveux courts, le trac qui sanglait le larynx, le souvenir qui me faisait pleurer n'importe quand, comme s'il voulait vérifier que j'étais encore là, à l'écouter, ce putain de souvenir. J'ai chialé dans toutes les rues de la capitale. J'avais pas le courage de me jeter sous le métro, alors pas le choix, je me suis maquillée et je suis partie à l'assaut de Paris. On s'efforce de vivre ou on se tue.

Cheveux courts et sang-froid, à lyncher le sentiment dans l'œuf. J'ai gardé le sexe et élagué la douceur. J'ai rien dit à propos de celui que j'avais perdu, j'ai fait comme si j'étais neuve. On était pas mariés donc j'avais pas le droit de dire *je suis veuve* pourtant je le sentais bien, l'après-midi seule chez moi, le veuvage, et c'était pas joli. Mais j'ai avancé, j'ai vu d'autres garçons, pas d'excuses, pas de mauvais timing. Si les choses se font pas c'est qu'il y a pas d'envie. Et moi j'ai toujours eu envie. Ma sœur est venue me voir un soir en disant qu'elle avait dit non à un homme pourtant terriblement beau parce que pour elle c'était pas le bon moment. J'ai répondu sèchement qu'il y avait pas de raison à donner, elle se refuse si elle veut. Ou plutôt si elle veut pas. Les garçons, ils ont une vie qui glisse toute seule, alors ça va, ils peuvent bien encaisser le rejet de temps en temps. Les gens cherchent des excuses, comme si c'était interdit de dire non.

J'aurais voulu être cette fille qui rend celle ou celui qu'elle aime invincible. Clairement c'était raté. Mon amoureux avait pas été invincible, pourtant personne arriverait à le détrôner. Je pouvais à peine tromper la tristesse parfois en sentant quelqu'un en moi. La mort en embuscade. À chaque tournant. Mais je l'ai pas regardée dans les yeux. Ritournelle de rescapée embrigadée dans le cerveau, qui hurlait *je ferai pas partie des arbres à abattre.*

Je me demande si les petits vieux de L'Escale vont bien. Je pourrais demander à quelqu'un d'aller mener une enquête, mais à qui ? Après l'hôpital, à Paris personne savait où j'habitais. Sauf ma sœur. Et un garçon.

Un peu fragile, un peu naïf, un peu toqué aussi. Timide, du genre à être mastiqué, oublié, tabassé pourquoi pas. Ses cheveux raides et clairs, mi-longs, retombaient devant ses yeux, presque adolescent. Il parlait fort sans s'en rendre compte, à croire que sa gorge était trop large pour lui. Il faisait exactement la même taille que moi, on avait vérifié. Il était attirant, mais pas comme un homme, plutôt comme un jeune garçon ou un personnage de dessin animé. Il donnait l'impression d'être un travail en cours. Un gamin. Trente-deux ans. Mais un gamin.

Il venait parfois à L'Escale. Je l'invitais pas chez moi. On était rapidement devenus assez amis. Longueurs d'onde voisines. On est allés un dimanche près d'une rivière. L'eau dessinait des cartes routières sur son dos après la nage. Il parlait toujours d'histoire naturelle et de cosmos, ces choses qu'il étudiait chez lui et qui me provoquaient des rêves impossibles les nuits suivantes. Il expliquait doucement pourquoi les trous noirs existaient, pourquoi les étoiles scintillaient mais pas les planètes, il me parlait des montagnes à la surface d'Io, la lune de Jupiter, des montagnes toutes plus hautes que l'Everest, il expliquait pourquoi il n'y avait pas de saisons sur Vénus, et pourquoi les supernovas étaient ses étoiles préférées, *parce qu'en réalité c'est pas une étoile, c'est la disparition d'une étoile.* Il a dit que les supernovas, en quelques millisecondes, en mourant, bouleversaient toute une région de l'univers pour des millions années. Il a dit que l'explosion des supernovas rendait l'univers plus fertile, plus sale, avec des déchets fantastiques qui aidaient à fabriquer davantage d'étoiles derrière. Il parlait de ça, et puis à un moment il a prononcé les mots *supernova à effondrement de cœur.* J'en aurais chialé. Il y a un truc qui existe et qui s'appelle *supernova à effondrement de cœur.* On a bien de la chance. Je lui ai demandé de me la raconter cette histoire, ce cœur d'étoile qui s'effondre sur lui-même puis gonfle, et gonfle encore. J'avais jamais rien entendu d'aussi beau. Il travaillait pour un label de musique, rien à voir avec le cosmos. Il était malheureux.

Il s'appelait Damien. Joli prénom. Bon signe. J'avais plus rien à donner, j'étais amoureuse d'un mort, donc j'essayais surtout de décourager Damien de toute entreprise sexuelle avec moi, et de faire de nous des amis. C'est difficile, parce que le désir, cette tannée, bourgeonne toujours d'un côté ou de l'autre.

Il est venu à Santiago avec moi. L'autre bout du monde, quoi. C'est bizarre dit comme ça mais c'était un hasard, il devait y aller quand j'y étais. Depuis le week-end à la mer deux ans plus tôt, je vais pas mentir, voyager avec un garçon était impossible. Mais Damien avait dit qu'il serait à Santiago lui aussi *aux mêmes dates, c'est incroyable non ?* et j'avais dû bafouiller quelque chose comme *ah, c'est drôle*. C'est tout. J'étais pas sûre que ce soit drôle.

Moi j'étais là-bas pour toujours les mêmes conférences – slash – chiffons pour mes génies du data – slash – handicapés du langage humain. Il y avait des conférences à n'en plus finir sur des grandes scènes minimalistes que surplombait un écran géant d'où giclait, *keynote* après *keynote*, invariablement une révolution numérique totale blablabla. L'angoisse. La Silicon Valley c'était peut-être cool au début je sais pas j'étais pas née mais c'était devenu un sacré rassemblement de ringards. Pendant les discours je restais au bord de la scène avec de la musique dans une oreille, musique bien saturée histoire de pas m'endormir, parce que je m'étais endormie une fois et on m'avait passé un savon. Le boss m'avait dit *même si tu t'ennuies, ne le montre pas, c'est quand même la base*. Je tombais des nues. J'avais toujours montré aux gens quand ils étaient pénibles, je pensais rendre service.

Le dernier soir, je sortais de la douche dans ma chambre d'hôtel, et Damien est venu me chercher. On m'avait dit *si tu veux tu peux amener quelqu'un au dîner-cocktail-de-fin-de-conf*, je vous ai prévenu que c'était l'angoisse ces gens, j'ai proposé à Damien et je l'ai *mis sur la liste*, comme ils disent, l'angoisse hein. Ces dîners sont des punitions. J'étais contente d'avoir un allié. Il y avait une sorte de fatalité qui nous rapprochait et un peu de désir qui montait. Et ce voltage du dernier jour. Dernier jour avant de partir, dernier jour avant de rentrer. L'instinct qui te fait caler le plus de vie possible dans le moins d'heures possible. C'est pas grave si tu te casses la gueule, tu sentiras les fractures qu'une fois dans l'avion.

Il me regardait dans le miroir de la salle de bains, il me regardait dans le reflet de la vitre, il me regardait toujours à la dérobée. Trouillard. J'étais là, près de lui, assise sur le fauteuil beige face au crépuscule, vingt-troisième étage, joli hôtel, joli garçon, et il avait la trouille, la trouille de m'embrasser, je lui ai demandé d'accrocher mon bracelet et il avait de plus en plus peur et de plus en plus envie, ça se voit ces trucs, il a dit que j'étais belle, c'était nul, et moi j'ai répondu *et alors?*

Et alors, rien.

La vie m'avait suffisamment décalquée, j'avais bien intégré que les grandes villes sont des plateformes d'échange de chocs sentimentaux. Faut être francs, il ne s'y passe rien d'autre de significatif. Alors les hésitations, les sentiments paralysants, les souffles coupés par l'envie, j'avais eu ma petite visite guidée, ça va. À Santiago je gérais mon stock de peines à moi. J'ai longtemps pensé qu'elles n'étaient qu'à moi. Mais au vingt-troisième plein sud, je commençais à piger que tout ça se refile, c'est des échanges de condamnés, des paquets de clopes en prison. Damien a récupéré quelques grammes de ma peine cette nuit-là, c'est tout, après il pouvait quitter la scène, *allez oust, file*, comme disait ma mère.

Dans vos petites notes vous écrivez peut-être que j'exagère, que tout va pas si mal, qu'on se console un peu parfois. C'est des conneries, tout ça. On peut rater sa vie en une seconde, en attachant un bracelet dans une chambre d'hôtel au lieu de m'embrasser.

9 /

Non je te jure c'est un pur hasard, il sera à Santiago. Il y a que la petite frangine pour croire à ces choses-là. Elle a dit ça en fermant sa valise. On a bu toute la nuit, elle a des cernes grands comme des camions, et moi je me dis que c'est fou, cette fille qui s'est fait démonter par la vie et qui continue à tout voir avec des yeux de gosse. Je l'envie et j'ai peur pour elle tout le temps. Je l'ai récupérée cent fois à genoux, la postulante. Je lui dis *ça sent à dix kilomètres le mec amoureux et assez* creepy *pour te suivre dans l'hémisphère sud. T'étonne pas s'il te tue puis découpe la peau de ton visage pour en faire un abat-jour.* Elle répond *je suis pas canon à ce point.*

Il lui reste une heure avant de filer à l'aéroport. Elle s'éclipse deux minutes à la salle de bains et revient parfaitement maquillée, fatigue et gueule de bois au tiroir. Où elle a appris ça? Pas de notre mère, qui passait le jour de son anniversaire vite fait chez Sephora pour se faire maquiller gratuit, et qui le reste du temps s'en foutait. J'ai jamais vu de bijou à la maison, j'ai jamais vu notre mère porter autre chose qu'un pantalon et un tee-shirt, un polo les jours de fête. Ça vient encore moins de notre père qui disait que le maquillage *c'est un truc de tarlouze*. Il faut dire que selon lui on était des garçons. Champion toutes catégories de déni. Pauvre type. J'ai pas vu les parents depuis dix ans et j'entends encore parfaitement ces phrases-là, leurs voix bêtes et pleines de rancœur. Homophobes, sexistes, probablement un peu racistes sur les bords. Le combo. On sait même plus où ils habitent et c'est très bien comme ça. La petite sœur elle espère qu'ils vont bien, moi j'espère qu'ils sont morts seuls et que les corps n'ont été retrouvés qu'à cause de l'odeur. Le résultat est le même, tout ça c'est des espérances.

Elle est prête à partir la petite frangine, sans se douter que ça sent pas bon, ce mec qui la rejoint à Santiago. Sérieux, ça vient d'où, cette naïveté ? Elle devrait être vénère, poing levé et couteau papillon dans la poche. Avec tout ce qu'elle a pris ma sœur, ça devrait être une racaille, une fille qui crache des molards sur les pieds des passants, mais non c'est une lady. Elle sort jamais les crocs.

Je l'ai jamais vue dans un bar, ma sœur. On se voit à l'abri toutes les deux, chez elle, chez moi. C'est notre protocole. On était à l'abri aussi dans le métro, et dans notre chambre de gamines, et à l'abri encore dans notre chambre de bonne. Dans mes bras sous l'orage. Dans les draps quand manquait le courage. Toujours recroquevillées, en bouclier. Il faut dire que l'extérieur ne nous promettait rien de très glorieux. Il y a une place spéciale à Paris pour les jolies filles fauchées, et c'est jamais très loin des chambres de passe.

J'ai jamais vu ma sœur dans un bar et pourtant je l'imagine bien, seule au comptoir à attirer les voyous et les gentils garçons, sans distinction, matraqués par cette beauté qui frôle le sublime sans le savoir, par cette fille qui se croit laide parce que je te jure, si tes parents te le disent tous les matins ça finit par rentrer.

Elle se croit laide et belle à la fois, et c'est comme ça qu'elle part à Santiago, en grande-duchesse du caniveau. Ça va pas bien se finir, cette affaire. Et c'est qui ce mec qui la suit jusqu'au bout du monde ? En grande sœur je devrais la protéger. Ça se protège comment une fille comme ça ? Ça se protège pas. Elle a tout fait. Elle a assez couché pour envoyer son corps à la retraite. C'est une insurrection à elle toute seule. Elle est magnifique. Et maintenant qu'elle voyage pour sa boîte d'allumés du digital à grand capital elle agrandit le plateau de jeu. À quoi ça pense, dans l'avion, une fille comme ça ? Je suis sûre qu'elle oublie jamais personne, et que personne l'oublie. Ma petite sœur c'est le genre de filles dont les mecs se souviennent au bout de six ou sept verres, ils t'en parlent et tu sais pas s'ils vont rire ou chialer. En général, ils chialent.

Quand elle était petite elle voulait devenir infirmière. L'envie lui est passée. Aujourd'hui elle part à Santiago et c'est pas important que ça finisse en carnage ou en mélancolie générale, que ça coule facile ou que ça crisse dans les virages. Elle y soignera personne. L'essentiel c'est qu'elle revienne en vie. S'il y en a une qui doit nous survivre, c'est la petite frangine. Elle a des trucs à dire.

Avant de partir elle me confie que son mec, le matin de son dernier jour sur Terre, il a dit *haut les cœurs !* C'est bien qu'elle s'accroche à ça avant de monter dans l'avion. Elle va un peu mieux. Je l'ai accompagnée jusqu'à Roissy. Comme si j'avais rien de mieux à faire. Elle est comme ça, la postulante. Un aimant.

Je lui dis que cet aéroport est élu pire aéroport du monde presque tous les ans, mais c'est pas à cause de l'infrastructure, juste à cause de l'impolitesse des Français. Elle rit. Allez, ris, ris autant que tu peux, petite sœur. Et reviens en vie. Tu m'entends ? J'ai toujours l'impression que t'es à deux doigts de te casser la gueule, que c'est incroyable que tu sois toujours là, que toutes les lames de rasoir du monde sont dirigées vers tes poignets, que toutes les matraques de tous les flics sont tournées vers toi, qu'au lieu de feux rouges il y a des arbalètes pointées sur ton cou. Alors t'as le droit de sortir les crocs, OK? T'as le droit de jouer au bouclier, comme tu le faisais dans la chambre de bonne. T'as tous les droits. C'est toi qui nous survivras.

10 /

C'est mon tour ? Je ne suis pas très à l'aise ici, je ne vois pas quoi dire. Et puis je sais que je ne suis rien pour elle, qu'elle m'oubliera en ondes rapides, fugitives. Ce n'est pas bien grave. Enfin, non, c'est faux, je ne le pense pas une seconde, je pense que c'est la fin du monde.

Je l'ai compris dans la chambre. Mais j'ai passé le voyage tout entier à griller mes chances, en flux tendu. Grand festival de l'échec, bravo Damien, champion. Si vous avez besoin d'un consultant pour écrire l'encyclopédie du râteau, prenez mon numéro.

Rien que d'y penser j'en ai mal au bide. Ça sert à quoi d'aller au bout du monde et de monter vingt-trois étages si c'est pour m'écrouler comme un gros lâche ? Je me suis gâché. C'est un putain de tord-boyau, ce souvenir.

Je reprends dans l'ordre. Avant elle je n'étais ni heureux ni malheureux, je me laissais dériver, je prenais ce qui venait. Je crois pouvoir décemment dire que je ne servais à rien. La preuve : je me suis toujours vu comme une sorte de brouillon. D'accord, d'accord, j'existais, mais après il fallait aller où ? Il fallait faire quoi ? J'enviais les morts et les mort-nés. Je n'étais pas totalement malheureux, mais un bon soixante-dix, soixante-quinze pour cent de détresse. Ça ne brillait pas, ça n'était pas trop ténébreux non plus. C'était pas mal. Il faut imaginer ça, les sales cisailles de ce qui est *pas mal*, mais tout le temps, tous les jours.

Pour les présentations : je suis né à Avignon, mais j'ai vécu à Paris toute ma vie. Mes parents m'ont appelé Damien, ils ont dit que si j'avais été une fille ça aurait été Damienne, ce qui me paraît scandaleux. J'ai quitté mon premier amour par ennui. Le second a pris l'eau dans le boucan des disputes. J'ai ensuite été seul, la plupart du temps. Je crois que je suis plutôt mignon, mais pas un canon de beauté non plus, disons que ça passe, les filles tolèrent ma présence sans reflux gastrique. J'étais incroyablement timide quand j'étais enfant, je suis tombé dans les pommes un jour en récitant une poésie au tableau, aujourd'hui c'est mieux, je ne tombe plus dans les pommes je me contente de transpirer. J'ai été champion départemental de tennis de table quand j'avais seize ans, un exploit qui, je l'ai appris par la suite, n'impressionne aucune fille sur cette planète. Je ne suis pas spirituel. Je n'ai jamais compris comment on pouvait croire en Dieu, il faut être sacrément fébrile au niveau des synapses. Ceci dit j'aime bien l'idée de Dieu, que je trouve pratique. J'ai voyagé. C'était bien mais pas le salut non plus. Je préfère les chats aux gens. Je n'ai pas de problème de santé sinon des maux d'estomac qui, à la longue, me fatiguent. J'ai trente-deux ans. Mon père et ma mère sont adorables. Certains diraient parfaits. Ils m'aiment et me demandent à peine de les aimer en échange. Je ne déteste personne, sauf les mecs qui s'habillent et se comportent comme s'ils étaient des légendes du hip-hop alors qu'ils vendent des fringues et ont peur dans le métro, et puis les banquiers, les assassins et évidemment les rastas blancs. Je bois modérément, je mange moins que la majorité des hommes, mais autant que les filles que je rencontre. La neige me rend heureux. Je me suis souvent demandé si je n'avais pas un talent caché, il s'avère que je n'en ai pas. J'ai longtemps cru que ce que j'aimais c'était les voitures de course, en fait c'était plutôt la musique. Ce qui ne change pas grand-chose concernant mon environnement professionnel, les pilotes de course et les musiciens partageant la même certitude d'être importants. Une fois que j'ai commencé à travailler dans un label de musique je me suis aperçu que j'étais plutôt intéressé par l'astrophysique, une vraie passion cette fois, quelque chose qui démange mais c'était trop tard. Fin des présentations.

Je l'ai vue la première fois dans un café près de la station Saint-Georges. Un collègue qui la connaissait m'avait dit qu'il fallait que je la rencontre. Il a dit qu'on se ressemblait. J'ai demandé *physiquement ?* Il a rétorqué que non, pas du tout, mais il a pointé sa tête du doigt, j'ai demandé s'il voulait dire qu'on avait la même coiffure ? *Mais non couillon, écoute tu verras, c'est une fille qui lit tout le temps, et l'autre jour elle se plaignait de ne pas rencontrer de garçons qui lisent autant qu'elle, alors je lui ai parlé de toi. Tu lis tout le temps, pas vrai ?* Je ne comprenais toujours pas pourquoi elle voulait me rencontrer. Il a répondu *elle veut parler de bouquins, j'imagine.* C'était une fin d'après-midi au printemps et c'était Paris tout gris et je n'avais rien de mieux à faire que d'aller boire un café avec cette fille qui lisait des livres.

Elle m'a donné rendez-vous dans un café que je n'aime pas. J'ai annulé des rendez-vous pour moins que ça mais j'y vais quand même. Ma timidité a tendance à refaire surface en milieu hostile. C'est un café à la mode et trop fréquenté, tout le monde a un ordinateur portable devant lui, probablement en train d'écrire un fascinant reportage sur une crème de jour. Les gens portent des vêtements plus chers que ceux que je porte. Il y a des photographies partout sur les murs, une grande verrière remplie de plantes, de l'encens qui brûle sur des étagères. Je la vois, là, elle m'attend, ça ne peut être qu'elle parce qu'elle est la seule fille toute seule, et ça ne peut être qu'elle parce que c'est le plus beau truc que j'aie vu de ma vie et je déteste mon ami d'avoir omis ce détail, il a fait exprès le salaud, je me serais préparé, je me serais habillé différemment, j'aurais mieux dormi la veille, j'aurais posé des plumes partout dans la ville pour que jamais elle ne se blesse, ah le salaud, j'aurais profité de mes dernières heures debout.

Debout.

Et puis assis face à elle.

Je l'ai aimée tout de suite. Ceux qui vous disent qu'il faut des mois et des mois pour vraiment tomber amoureux sont des cons, c'est de la pensée bourgeoise et molletonnée, c'est ce qu'ils prétendent pour se convaincre que leur amitié vaguement sexuée c'est de l'amour. Ce n'est pas ça l'amour. L'amour c'est de la haine à l'envers, un truc qui te coupe la valve d'arrivée d'oxygène. Personne n'est équipé pour l'amour, tout ce qu'on peut faire c'est espérer ne pas en crever.

– Salut. Désolée pour le café de hipsters, je sais, ça pue le kombucha et le tweet indigné. Mais c'est aussi le meilleur espresso de Saint-Georges. Ils ont leur propre mélange de grains et ça tue. Tiens, goûte.

– Enchanté. D'accord. Au Japon partager une tasse, les adolescents appellent ça un baiser indirect. Je bois quand même ?

– Oui. Au moins comme ça le premier baiser c'est fait.

Elle a eu un rire minuscule pendant que je buvais, puis elle a planté son regard sur moi comme si mon avis sur cet espresso relevait de l'enjeu géopolitique. Un regard qui fait un peu mal, des yeux verts et tristes qui disparaissent derrière ses cheveux sombres en bataille à chaque fois qu'elle baisse la tête.

– Alors ?

– Il est bon, c'est vrai.

Je me tourne vers le serveur, commande la même chose. Un goût de sucre me reste au fond de la bouche.

– Attends mais ils le sucrent, leur espresso ?

– C'est moi qui l'ai sucré. Un petit vieux m'a appris ça à Lisbonne. Il a dit que *les vrais* ils le buvaient comme ça.

– Noté. Plutôt noir pour moi.

– Ça, je peux plus. Mauvais trip, le café noir.

– Mauvais souvenir ?

– Cherche pas.

Ensuite c'est le chaos, ça va vite et j'ai chaud. Je la trouve incroyable. Elle change de sujet tellement vite, elle a un esprit en shuffle, en carrousel, mais puissant, foudroyant. Elle parle de tout et de rien et pourtant il y a toujours des histoires terribles qui sous-tendent les mots, en racines compactes. Je me dis *du calme, du calme*. Mais je ne me calme pas, et je relève tous les détails comme un détraqué. Elle a la voix cassée, cent fois cassée, comme si elle avait été triste toute sa vie. J'ai envie d'allumer une cigarette, alors que je déteste ça, les cigarettes. Elle par contre elle enchaîne les clopes comme si c'était son assistance respiratoire. Dès qu'il y a un silence je transpire, persuadé que toute pause signifie que je viens de prononcer une énormité. Respire, respire. Tout le monde la regarde, tout le monde nous regarde, ou peut-être pas. Elle ne parle jamais de son petit copain, je me mets à espérer qu'elle est libre, même si ces filles-là ne sont jamais vraiment seules. Ses yeux sont une hérésie, ils changent de couleur avec la lumière. Lèvres rondes, pommettes hautes, cheveux courts et en bordel, épaules minuscules, effilées, une phrase tatouée sous le poignet, une autre à l'intérieur du bras. Respire, doucement, ce n'est pas la première fois que tu rencontres une fille. Elle a des mains toutes fines, des mains de cinéma, et je me dis que si ces mains-là touchaient mon sexe le monde exploserait, c'est une certitude. Elle parle de fin du monde d'ailleurs, et de livres qui discutent de la fin du monde. *La collapsologie, tu connais?* Nos voisins parlent trop fort. Tout le monde parle trop fort. Je voudrais qu'on soit seuls. Je la contredis sur certaines choses, pour le principe, et parce que les garçons trop gentils, les filles détestent ça. Elle dit que son endroit préféré de Paris c'est sous ce saule pleureur au bord de la Seine au bout de l'île Saint-Louis. Elle dit qu'elle aime les saules pleureurs depuis toujours, et qu'elle aime parfois Paris si fort qu'elle suffoque. Je dis que moi aussi, ce qui n'est pas vrai. Troisième café. La frousse, les jambes que je croise et décroise cent fois. Respire, respire.

On parle près d'une heure et soudain elle regarde sa montre, puis la rue et dit *il fait nuit tellement tard en ce moment, j'ai pas vu l'heure passer*. Elle se lève, elle a un rendez-vous.

Son corps est assez mince pour se faufiler à toute vitesse entre notre table et celle des toujours trop bavards voisins, d'ailleurs s'ils pouvaient la fermer ce serait bien. Je regarde bien, je dresse la cartographie de son corps dans mon esprit, affolé à l'idée que ça pourrait être la dernière fois que je la vois. On joue tous au malin mais au final tout ce qu'il nous reste c'est ça, le corps de quelqu'un qu'on aime, la façon dont il sort du champ, revient dans le champ, à contre-jour ou hors-cadre, dans des angles qu'on ne contrôle pas, qu'on ne contrôlera jamais. Elle a un corps à convoquer l'infini. Un petit bout de peau, *rien que la peau sur les os*, et moi j'essaie de ne pas trop regarder l'entame de ses seins, ses jambes fines à être emportées par la tramontane, son cul qui s'éloigne entre les tables. Elle a une démarche bien à elle, comme si elle refusait les décrets de la gravité.

Je suis resté assis là, à vérifier que ce jour s'éternisait, comme elle avait dit, ce presque été. Les fins de printemps sont bien tristes. Je suis rentré à pied jusqu'à chez moi, j'étais sonné. Je reconnaissais à peine ma rue. La couverture d'un magazine était reproduite en grand dans la vitrine du kiosque à journaux. Elle annonçait l'imminence de la guerre, on allait y avoir droit, ah on allait voir. C'est bien une invention masculine, ça, la guerre. Comme la religion et le viol. Le triptyque de la testostérone. Dans toutes les autres inventions humaines il y a une petite parcelle de féminin, un semblant de bon sens, au moins un millimètre de poésie. J'ai toujours eu honte d'être un homme, une honte légère mais bien tatouée sous la peau, tenace.

Je l'ai revue trois fois. Des cafés, en fin de journée. À chaque fois j'espérais dîner avec elle, mais elle filait toujours vers un autre rendez-vous. Je tombais amoureux. Balloté. Un amour qui me fauchait comme un accident de train. Elle me dévisageait pendant les silences, puis souriait et détournait le regard. Je me faisais des films.

Elle devait se rendre à Santiago pour le boulot le mois suivant. Dès qu'elle me l'a dit, mon grand objectif dans la vie fut d'y aller moi aussi. La perspective de passer une semaine sans elle me terrifiait, et aussi celle de ne pas partager une odyssée comme ça. C'était complètement idiot, mais il fallait que l'odyssée ce soit moi.

Entretemps on a eu un week-end très chaud en mai, la canicule précoce selon les médias, juste le futur selon la science. On cherchait en vain une pointe de vent en haut de Montmartre. Elle a dit *ce serait bien de pouvoir être au frais, au frais pour de bon*, j'ai proposé d'aller voir la mer et elle a crié *non!* Tout le beau monde dans la rue Lepic s'est tourné vers nous. Soudain il n'y avait plus de vent, plus d'air, plus rien.

– OK, OK. Désolé. Sinon…

– Sinon?

– Je connais une rivière où se baigner pas très loin de Paris, on peut faire l'aller-retour dans la journée. J'y allais avec mes potes quand j'étais à la fac. C'est dans une sorte de vallée, c'est plutôt joli. Et puis il n'y a jamais personne. Bon ce n'est pas les Caraïbes mais au moins on se rafraîchira.

– Une rivière…

Elle avait l'air de dresser mentalement une liste des différences entre la mer et l'eau douce. Ça a duré un moment.

– D'accord. Demain?

– Demain.

Bien sûr, demain. Comment tu peux refuser ça? Je n'ai pas été formé pour dire non à des filles pareilles.

Sur la route, elle a dit qu'elle aimait se baigner mais qu'elle avait tiré un trait sur la mer, que c'est pour ça qu'elle avait crié la veille, que la mer lui donnait envie de mourir. J'ai pensé à une mer avec un grand trait dessus. Je n'ai pas creusé, elle détestait qu'on aborde sa vie privée, elle murmurait *arrête*. Je n'ai jamais su pourquoi elle évitait la mer. Ce jour-là à la rivière on a sauté du haut d'un rocher, on s'est baignés puis je lui ai parlé d'astrophysique, et à chaque fois que je faisais une pause elle disait *non, continue*. L'eau beige de la rivière, un peu trouble, descendait en sillons sur ses jambes.

À l'époque je travaillais pour un label de musique et il m'avait fallu faire preuve d'une certaine ingéniosité pour identifier une raison justifiant un déplacement à Santiago. J'étais embêté parce que pour moi, le travail n'avait jamais mobilisé une quelconque partie de mon intellect. Au contraire, le milieu professionnel était à mon sens le dernier sanctuaire au sein duquel être un imbécile était permis, voire préconisé.

J'ai trouvé un festival en banlieue de Santiago, pile aux bonnes dates. L'aubaine. Il y avait une cinquantaine de groupes indépendants à l'affiche, aucun que je connaissais. Encore une preuve que je n'avais rien à faire dans ce milieu, que j'aurais mieux fait de passer à l'astrophysique pour de bon. J'ai fait des recherches sur les groupes locaux. Certains étaient assez brillants, j'ai dit *il faut qu'on signe ceux-là* au patron, j'ai pointé du doigt un groupe sur le programme du festival avec emphase, comme si c'était le groupe du siècle, il a dit *tu peux aller les voir si tu veux, mais je ne garantis rien. Et on te paie seulement le billet d'avion, là-bas tu te débrouilles*. Je l'ai appelée, je lui ai dit qu'il fallait qu'on se voie, que j'avais une bonne nouvelle. On s'est retrouvés au bistrot, on était bien, elle était belle, tenue d'été, début de soirée, Paris tout doux. Je ne pouvais pas attendre, même pas le verre de bière sur la table. Je l'ai regardée dans les yeux, puis ses mains, puis son cou. J'ai fait attention à ne pas regarder ses seins, petits et blancs, qu'on devinait sous le tissu de sa robe. Pas facile. Je lui ai dit que j'allais à Santiago au même moment qu'elle. J'ai guetté une réaction sur son visage. Je n'ai rien vu. Le serveur a amené nos verres, elle a bu une gorgée de vin, et en souriant elle a dit *ah, c'est drôle...* J'ai dû avoir l'air épouvanté, son visage s'est adouci en une fraction de seconde. *Non mais c'est bien. Je suis contente.*

On a pris le même avion mais chacun assis à un bout de l'engin. Je me demandais si elle aussi voyait le lever de soleil mais je me suis endormi avant d'aller le lui demander. L'aéroport sentait le poivre et le liquide vaisselle. Le contrôle des passeports a duré des heures. Elle me parlait comme si on avait déjà voyagé dix fois ensemble, comme si c'était rien d'être ici. Ensuite on n'a plus jamais été seuls, toujours des évènements, des gens à rencontrer, pour son travail beaucoup, pour le mien un peu. On parvenait quand même à se voir. Et au lieu de penser *je suis la seule personne qu'elle connaît ici, forcément on se voit,* j'ai pensé *peut-être qu'elle m'aime, oui ça ne peut être que ça, elle m'aime.* En vérité prendre son corps dans mes bras me semblait bien présomptueux. Je n'ai aucun mal à faire confiance au désespoir, mais la chance, c'est putain de suspect.

Dernier soir. Elle m'a invité à un dîner. Près de son hôtel, je siffle un café, en une gorgée, bouée de sauvetage à l'attention de mon corps qui à la place réclamerait volontiers un peu de sommeil. C'est la première fois que je suis aussi loin de Paris. Un vendredi soir à Santiago. Le soleil disparait derrière les immeubles, les façades scintillent en orange quelques minutes, les gens sortent, font des courses. L'avenue s'anime, le trafic aussi, ça s'agite, des enfants courent à travers l'avenue, leurs pas résonnent. Un immense graffiti coloré, végétal, parcourt la surface entière d'une maison devant laquelle un couple se prend en photo et s'enlace. Il y a une sorte d'église qui ressemble plutôt à un magasin, avec une large enseigne qui annonce *Jesucristo el rey viene*, j'imagine que ça veut dire qu'il revient. Au-dessous de l'enseigne il y a une grande porte en fer close, donc le retour n'est pas pour tout de suite. L'enseigne d'à-côté dit *Botilleria*, on y vend de la bière et du vin, et là par contre c'est ouvert et on y fait la queue. Puis il y a quelques maisons peintes en jaune ou bleu criards, et enfin son hôtel, cube de vitres qui casse le quartier en son centre. La rue frémit, entière. Je ne comprends pas l'espagnol alors forcément tout ce petit monde m'a l'air plutôt heureux. Santiago fait beaucoup de bruit et ça me rappelle les marchés de mon enfance et les plages en août. Je serais moi aussi plus heureux ici qu'à Paris, parce qu'on y voit bien mieux les étoiles. Pendant le séjour j'ai à peine mis les pieds au festival de musique, par contre je suis allé trois fois à l'observatoire Cielos Chilenos. J'aurais vraiment dû être astrophysicien, c'est con.

Elle ouvre la porte de sa chambre d'hôtel dans un peignoir trop grand. Je me rends compte que je n'ai jamais porté de peignoir de ma vie. Elle parle de sa sœur, dit qu'elle a hâte de la revoir, elle parle des gens stupides qu'on va devoir saluer ce soir au dîner. Je regarde les gouttes d'eau tiède sur ses clavicules. Je vois ses cheveux qui ne sèchent pas, je vois la douche éternelle. Elle sent le savon, c'est une odeur de concombre, légère, légère. Elle disparaît dans la salle de bains.

Toi, Damien, mon pauvre vieux, tu attends. Tu entends le sèche-cheveux. Tu la vois débouler à nouveau dans la chambre comme une rafale de sirocco, un souffle doux puis chaud. Ses yeux trop verts réclament l'invention d'un adjectif. Tu n'as pas le temps de l'inventer. Calme-toi, Damien, ça pourrait être pire, tu pourrais être quelque part où cette fille n'est pas. Tu voudrais ouvrir toutes les fenêtres pour laisser libre cours à l'air comme tu le faisais enfant dans la maison familiale à Avignon, gorgée du cri des cigales. Tu te balances d'un pied à l'autre, on dirait un idiot et tu le sais. Tu vrilles de terreur d'être enfin seul avec cette fille. Dans cette putain de chambre d'hôtel. Tu serres les poings. Tu observes l'avenue en bas derrière la fenêtre, puis elle, puis les montagnes qui surgissent au bout de la ville, les unes appuyées sur les autres comme des barricades, puis elle encore, trop loin, elle est trop loin alors elle vient plus près, elle s'assied sur un fauteuil beige moche juste à côté de toi, elle te regarde par en dessous et te demande *tu peux pas m'aider à attacher ce bracelet?* et toi tu essaies de te rappeler comment on respire.

Je n'arrive pas à passer le crochet dans la boucle. C'est long. Le bracelet est un fil sur sa peau, presque invisible. Je me concentre. Je ne vois plus rien. Elle lève les yeux vers moi. Un regard comme un appel et moi je rate ma vie en n'y répondant pas, et le temps se fracasse juste là, Santiago, cinq cents mètres au-dessus du niveau de la mer, rue inconnue, dix-neuf heures et des poussières, vingt-troisième étage.

C'est aussi simple que ça. Elle voulait que je l'embrasse, je ne l'ai pas embrassée. Dégonflé, faux-jeton, minable. Une seconde au vingt-troisième étage. Après tout a dégringolé, tout, plus bas, plus bas, plus bas encore, va jouer sous terre, Damien, tu nous ramèneras des petits bouts d'os. De la lâcheté, tu ne reviens pas, personne ne revient de cette sale impasse givrée de fin d'hiver. C'était l'hiver d'ailleurs à Santiago, hémisphère sud, je ne savais pas, j'avais juste emporté des tee-shirts et un pull, j'ai caillé toute la semaine.

Un silence.

Et elle dit *elle te va bien cette chemise*. Je détache mon regard de mes doigts ridicules qui s'affairent sur le bracelet et le plonge dans ses yeux qui attendent toujours leur adjectif. Elle sourit doucement. Elle se rapproche peut-être un peu, je ne suis pas sûr. Je lui dis *tu es belle* et à nouveau le silence, mais ce silence-là sonne mal. Silence lourd. Fin de partie. Elle baisse les yeux, et sous le raffut de ma vie qui s'écroule je l'entends répondre *et alors ?*

Et alors, rien.

S'il y avait eu des spectateurs ils se seraient bien foutus de ma gueule. Une fille pareille, dans un endroit pareil, à un moment pareil, et moi qui flippe, d'une peur au moins aussi conne que celle des serpents quand on habite en centre-ville. La pétoche à pieds joints, et ensuite plus rien, à force de vouloir réparer ce baiser échoué, à force de savoir qu'on m'a refilé une vie et que je l'ai ratée en une seconde là-bas, au vingt-troisième étage. Au moins on avait une belle vue.

C'est peut-être ça une vie d'homme. Un éternel retour à l'ombre d'une erreur grotesque mais fondatrice. Des amours, tu parles, des petits coups d'État, oui. On essaie de régner, on essaie de réparer, on bricole. De ce séjour, je regrette tout. Si seulement je savais où elle était. Je lui dirais. Pour qu'elle sache. Que je l'ai aimée à m'en boucher les artères, que j'ai tout raté, que je le saurai toute ma vie, que je suis désolé.

11 /

Il était pas facile, ce bracelet-là. Bien chiant. Je l'avais choisi exprès. Il faudrait qu'il effleure une fois, dix fois la peau de mon poignet. J'allais frissonner. Ça se verrait. Il le verrait, il est pas con, Damien. Il croiserait alors mon regard venu d'en dessous, un regard qui demande, un regard qui implore. Un truc qui vient d'en bas.

Plus question de décalage horaire ou de voyage, juste d'un moment éclaté comme un fruit trop mûr à la fin de l'été. Tout sentait fort, tout était devant nous. Dernière nuit. Santiago, dehors, trépignait à l'idée de voir un baiser, un vrai, comme au cinéma.

Sauf que non. Ça vient pas. Mon téléphone vibre sur l'oreiller, on entend une sirène en bas dans la rue, le minibar qui bourdonne. Mais enfin, pourquoi il m'embrasse pas, c'est quoi son problème à celui-là ? Je lui donne une minute, pas plus, je déteste attendre. On peut plus attendre nous les filles, toute notre vie on nous a dit d'attendre. Pendant ce temps les caïds en plastique ils ont tout raflé, une main sur la carte Platinum une main sur notre bouche. Je file dans la salle de bains me coiffer. Je m'attache pas les cheveux parce que mon mec me disait ça en préparant son café-charbon, il disait *les cheveux détachés ça veut dire qu'il y a du désir.* Deux ans après je l'écoute encore. Décret de rébellion permanente contre l'injustice qui me l'a volée. *Ouais, il y a du désir quelque part,* il disait. Il est où, le désir, sur mes épaules ? Ça expliquerait pourquoi je me sens tellement lourde avant l'amour et si frêle après. Après, je le jure, je pourrais être éparpillée par la première brise.

Dans la salle de bains il y a des miroirs partout mais on y voit rien. C'est flou. La douche, la vapeur, tout ça. Les traits de mon visage font des virages. J'ai jamais cru que j'étais si belle que ça. Je l'entends dans la bouche des autres, c'est martelé dans les fins de nuit, mais moi je vois trop d'angles, les pommettes trop hautes, les yeux trop clairs, le cou trop court. Je suis pas très réussie. Ils avaient raison mes parents, *compte pas trop sur ton physique, t'es pas Claudia Schiffer.* Je savais pas qui c'était Claudia Schiffer, mais j'ai su très tôt que c'était pas moi. Pourtant, plus tard, il y a des garçons qui m'ont dit que c'était difficile d'aimer après moi. Que j'avais rendu les suivantes pâles. Qu'ils auraient préféré ne jamais me rencontrer. Cause toujours.

Je m'habille, je murmure comme un mauvais sort *si tu m'embrasses pas, t'embrasseras personne, mon vieux.* Encore une vengeance contre ce petit bout de papier dans la salle de bains de ma pote, une vengeance contre les vagues qui ont emporté mon mec comme une sardine morte. C'est pas méchant, c'est juste que je vais pas très bien.

Il ajuste sa chemise devant le grand miroir de la chambre. Je lui dis *elle te va bien cette chemise.* On se lance un de ces regards pas réciproques du tout, dialogue de sourds, avions qui se croisent sur le tarmac, bref quelque chose qui emboucane la solitude à venir.

Je sens bien qu'il m'embrassera pas. Il enlèvera pas ma robe mal boutonnée, il m'empêchera pas d'aller à cette soirée de merde, il m'allongera pas, là, devant le grand miroir, pour qu'on se voie faire l'amour comme si on matait un porno. Il fait rien de ce que je veux. Il est trop bien éduqué, trop ému, trop sur le qui-vive. Je voudrais un homme sans socle, un ballon d'anniversaire dans lequel le séjour à Santiago se laisserait oublier, sale et clair, toutes couleurs tournées vers dehors, rien à l'intérieur, un homme à qui je pourrais dire *prends-moi, merde.*

Pourtant j'ai ouvert la porte presque nue, peignoir de bain et sourire autour du monde, perles d'eau au creux des clavicules, qu'il sache que c'était possible de m'avoir. Au moins ce soir. La ville s'étalait là devant nous, sèche, bariolée, implacable. Les montagnes enneigées au loin, qui tiennent la ville en otage dans le crépuscule. Une chambre avec vue, ils avaient précisé en bas à la réception. Au vingt-troisième étage la ville est loin, dans le coton. Il pourrait entendre mes paupières cligner, Damien.

J'ai fait des allers-retours entre la salle de bains et la chambre comme une toupie cassée. Je lui ai donné plein d'excuses pour m'intercepter. J'aurais tant voulu qu'on m'embrasse là face à Santiago, face à une ville où je reviendrai jamais, une ville qui m'oublierait comme on oublie une averse. Ma revanche serait d'emporter un battement de cœur avec moi dans l'avion.

Ça dure une éternité, cette scène, et quand enfin il attache les deux bouts du bracelet, je le déteste presque. Je sais pas si c'est normal de haïr quelqu'un pour un baiser qui vient pas.

Pauvre garçon. Les gens pensent que les vies sont faites d'évènements, alors que ce qui marque au fer rouge c'est tout ce qu'on ne fait pas, faute de fric ou de courage. Il a lutté contre le bracelet sans se rendre compte que le bracelet je m'en fichais pas mal, qu'à vrai dire j'aurais voulu qu'il le balance par la fenêtre et m'attrape par la taille.

On finit par y aller, à ce dîner. Je sais pas où j'ai foutu les clés de la chambre. Il dit que c'est pas grave, qu'à la réception ils me reconnaîtront et me donneront une nouvelle clé. Ça m'énerve qu'il ait raison. Et puis c'est nul de parler de double des clés et de choses logiques, ça veut dire qu'il imagine pas la fin de soirée ensemble, ivres, gorgés de désir et de bêtise. Imaginaire en eau tiède. Il cherche la clé, il la trouve sur le siège où j'étais assise plus tôt, et c'est avec un soupçon de peur sur son visage qu'il me tend la petite carte magnétique noire, comme un gamin qui aurait fait une connerie. Comme si j'allais dire *c'est de ta faute, c'est toi qui l'avais planquée*. Non, je dis seulement *allez on file*, et on file. On sort de la chambre, je ferme mon sac à main minuscule. Damien me demande ce que j'arrive à mettre dans un sac pareil, je lui révèle solennellement que mon sac contient toujours la même chose : des billets de banque pliés en deux et solidement plaqués ensemble à l'aide d'une broche en fer, ma carte de crédit insérée dans la coque de protection transparente de mon téléphone portable, un paquet de cigarettes, un briquet blanc, toujours blanc, un flacon d'alcool de menthe que je respire quand j'ai la tête qui tourne, et puis une clé, de mon appartement en général, de l'hôtel ce soir. Jamais autre chose, jamais moins non plus. C'était une astuce que m'avait donnée une autre détenue à l'hôpital. La régularité du contenu de mon sac à main est une façon de ne pas disjoncter. Tous ces trucs fonctionnels plaquent au sol mes déséquilibres, me disent où je suis, qui je suis. Si tout est encore dans le sac c'est que je suis vivante. Je connais pas de preuve plus convaincante.

La lourde porte de la chambre claque derrière nous, la moquette étouffe le bruit de nos pas. Il prend pas ma main, il dit rien de poignant, il me plaque pas contre le mur du couloir, il enfonce pas sa langue dans ma bouche. À la place il appuie sur le bouton pour appeler l'ascenseur, petite flèche vers le bas.

Il me plaisait, il me plaît plus. Ça lui évitera une rupture, c'est déjà ça de gagné. Maintenant faut se coltiner le dîner, trop sage et trop long, où chacun doit rejoindre sa place. Officiellement elles sont attribuées, les places, mais on sent un flottement. Chacun se laisse déplacer, malmener, les petits cartons avec les *Mademoiselle* et les *Monsieur* circulent. C'est marrant de voir ce petit remue-ménage, tous ces gens qui pensent qu'un dîner c'est important. Je me sens un peu mieux. Je laisse ma main frôler la sienne. Je lui souris, il me sourit. Allez bordel, embrasse-moi. Dernière chance. Devant tout le monde, on s'en fout c'est des cons. On est assis à la même table mais pas tout à fait à côté, ni tout à fait en face. Ça me contrarie un peu de ne pas être près de lui. Je suis contente de ressentir ça. Je lui dis en chuchotant qu'il faut changer nos places, faire en sorte d'être côte à côte, *me laisse pas toute seule avec ces abrutis qui parlent d'argent et de management ou, pire encore, de leurs enfants*. On essaie de s'arranger mais une belle femme au ton féroce nous dit que non, c'est sa place, qu'elle en bougera pas, qu'elle est bien, là. Damien hésite, insiste, ça marche pas, cette fois c'est un vieux type qui, d'un claquement de langue, l'arrête net. Il faut s'assoir. Damien dit que c'est pas grave. Qu'il me verra après. Bien sûr que si c'est grave. Je fais le tour de la table. Allez, rideau, Damien. L'amour parfois ça marche pas.

Le tintement des verres me donne mal au crâne. La soirée est déjà longue, à peine commencée. Ma tenue m'asphyxie, ces robes de soirée c'est le pilori. Je veux partir. Lui il s'assoit, dit bonjour à son voisin. Il a le dos plié, il est pâle, il va mal. Et pourtant je le sens, son amour. Un amour braqué vers l'intérieur, un amour qui lui ronge l'estomac alors qu'il est incapable de déplacer une pauvre étiquette en carton avec mon nom dessus. Il y en a des tas des amours comme ça. J'ai toujours voulu les éviter. Je veux des amants malpolis, qui bousculent et jouent des coudes pour s'assoir près de moi. Damien il sait pas faire ça. Il me plaît plus. Pendant le dîner je l'ignore. Je m'en remettrai. Il s'en remettra aussi. Les horloges, pour tout le monde, continueront de tourner. Et comme auprès de la fille aux yeux-monde qui chialait sous la pluie de Pigalle, je ressors le Chanel N° 5 du mensonge, celui qui est jamais vrai mais qui redébarque tout le temps. On s'éclaircit la gorge et on le dit tout haut, ce mensonge, à Damien qui s'effondre derrière son verre de vin : *tout ira bien, allez.*

12 /

Je finis par l'attacher, le bracelet. Victoire en carton. Je me plante avec un zèle de grand combattant. Elle dit *allez on file* et on file. On y va, à ce dîner. Bien triste. Elle est à côté d'un vieux monsieur important, elle prend la main de ce bout d'homme qui pue l'eau de Cologne et la mort. Leurs voix roulent comme les galets sous la houle du soir. Je n'ai pas faim. Personne ne fait attention à moi. Je m'esquive et pars pleurer aux toilettes. Je rêve de mourir là, d'une jolie crise cardiaque toute simple. Je n'ai pas été foutu de m'assoir à côté d'elle, d'envoyer valser des cartons de papier et une vieille conne mal embouchée. Il vaudrait mieux arrêter les frais. Le dîner, formel, interminable, me lamine ce qui me reste de cœur, alors je bois. Le vin est trop chaud, trop fort, c'est un vin de mec sûr de lui et je ne suis pas sûr de moi. Pas même sûr d'être un mec.

Le vol retour est abominable. L'avion remue tout le temps. La petite voix au micro multiple les annonces, soi-disant apaisantes, *the turbulences have no impact on the safety of the aircraft*. On avait regardé les informations à l'aéroport, ils ne parlaient que du conflit qui se préparait. Elle a dit que pour comprendre la guerre il faut écouter du punk à la suite de Chopin. Je ne lui réponds pas qu'à mon avis pour savoir ce que c'est, la guerre, il suffit de tomber amoureux de quelqu'un qui ne vous aime pas.

Cette fois-ci on est assis l'un à côté de l'autre. Elle regarde un film, lit à toute vitesse un roman que je mettrais une année à finir, commande à boire, recommande à boire, dort une minute, se lève, s'étire, dit qu'elle a la tête qui tourne, lit encore. Moi je ne fais rien, j'enregistre ses mouvements et les couds aux nuages de coton. J'espère que le monde en dessous s'est arrêté et que le futur, ce sera ça : la regarder lire et s'endormir sur les cumulonimbus.

Il ne faut pas se leurrer. Les filles, une fois que tu les déçois, t'es assaisonné au mépris. Ton prénom sonne flasque et creux. Ta voix énerve. Tes vêtements sont trop larges, trop courts, trop gris, trop colorés. Tu as fait de ton mieux, tu as raté. À un moment elle demande *t'as quoi de prévu cette semaine ?* et je comprends qu'elle n'a pas la moindre intention de me voir, que tout à coup ce n'est plus mon programme du soir ou du lendemain qui l'intéresse, non c'est de semaines entières dont on parle. On s'éloigne.

À la descente de l'avion, je suis paumé. Si on était amoureux on irait boire un verre pour prolonger le voyage, goutte par goutte, seconde après seconde. Je ramasse une sciure de courage et je le lui propose. Elle préfère voir sa sœur. Je prends mes bagages, je prends le train, je prends le métro, je prends mon temps, je fais un détour par la boulangerie en bas de chez moi, j'ouvre la porte de mon appartement qui sent le renfermé, je m'étale sur le lit et elle me manque et Paris fait un boucan pas possible et le regret m'emporte comme le déluge emporte les herbes mortes.

On s'est revus de temps en temps, on ne s'est jamais vraiment perdus de vue. Je n'avais pas la force d'âme pour me suicider, tous les actes de bravoure m'étant visiblement interdits. Je continuais à m'infliger cette beauté avec antivol. On buvait des verres, on parlait de livres. Pauvre type. J'aurais mieux fait de me mettre en vacances de la vie.

Elle est quelque part dans le nord de l'Italie. Elle me l'a annoncé deux jours avant son départ, autour d'une bière tiède qui tache bue près de chez elle, à L'Escale, quelques grands-pères ivres autour de nous. Elle a dit que trop de choses tragiques s'étaient passées en trop peu de temps, qu'il était l'heure de détaler, qu'elle avait un plan. *Un truc grandiose.* Je lui ai demandé ce qui s'était passé, où elle allait, quel était son plan. Pas de réponses. Des sourires tristes. Voilà. Elle partait. J'ai fini mon verre d'un trait. Puis une sonnerie éclate et des dizaines de gosses sont vomis par l'école derrière le bar. Elle commande un second verre. Le garçon de café nous fait une blague comme quoi on est un super couple, on est mignons. Je rêve que quelqu'un perde le contrôle de sa voiture et me fauche là sur ma chaise, rien qu'y penser me soulage. On écrirait dans les journaux que j'ai été tué auprès de ma compagne. Personne ne pourrait me demander si c'est vrai, on les croirait donc sur parole. Quand une demi-heure plus tard on se dit au revoir, je lui dis de faire attention, elle hausse les épaules. Elle est loin déjà.

J'ai commencé une lettre cette nuit. Je l'ai réécrite quinze fois, mais je ne sais pas où l'envoyer. Le monde me semble soudain immense et dérobé au regard. Le matin débarque par surprise. Je n'ai pas trouvé de bonne raison de dormir. J'avale une aspirine puis je lance des recherches. J'appelle des hôtels dans le nord de l'Italie au hasard.

Puis des agences de location. Le soleil se lève avant les Parisiens, encore assoupis dans le lit de quelqu'un qu'ils n'aiment plus depuis longtemps, à l'autre bout du lit, tout près du vide.

Je fais une pause. Je m'allonge sur le parquet, des vaguelettes de poussière se soulèvent au-dessus de mes bras puis retombent. Tout me fait un peu mal au cœur, comme quand ton siège de train est dans le mauvais sens. Je me redresse, le soleil m'emmerde, je ferme les volets. Je me rallonge.

Je somnole, j'ai la sensation de me tenir au bord de la réalité. Dans mon espèce de rêve bancal on sort ensemble, on est heureux. Tant qu'à faire. Enfin au début. Il est seize heures trente, on fait une pause sur la route, on est allés se baigner dans ma petite rivière triste. Elle passe un coup de téléphone un peu à l'écart. Il y a une école primaire à côté, la sonnerie se déclenche, comme l'autre jour près du bar, seize heures trente et tous les élèves sortent en criant. La sonnerie ne s'arrête pas. Une bombe tombe, pas loin. Le souffle est radioactif. Immédiatement les peaux noircissent et coulent comme de la mousse en chocolat. Et puis l'enfer. Je me tourne vers elle. Les nerfs et les ligaments ont tellement enduré que ses yeux giclent de leurs orbites, ses genoux se disloquent. L'air brûle ma gorge comme des clous. Le vent est rouge puis gris puis noir, une nuit crasse qui pue. Sa petite robe bleue fond en même temps qu'elle, il n'y a plus rien, juste elle et la robe qui fondent, se confondent et se mêlent à l'asphalte. Elle gémit une dernière fois. Cri félin, rauque, malsain. Je suis muselé par l'horreur. Autour de moi les blattes et les rats, triomphants, crissent en courant. Je l'enterre là, devant les ruines de l'école. Il y a un gamin près de moi qui crache du sang et essaie de démêler les corps de ses parents, mais seules leurs peaux se décollent et restent sur ses doigts, et il leur dit *pardon, pardon, pardon*. On se regarde lui et moi, et je pleure pas, mais j'ai honte d'être encore en vie.

Je me réveille en hurlant. Trempé. Pas de fournaise atomique à Paris, juste un rai de soleil agréable sur le sol, qui vient caresser ma jambe. Des gens rient dans la rue. Possible que ce soit parce qu'ils m'ont entendu crier. Je me lève et je prends un bain et ici encore je rêve de glisser et casser ma nuque sur le rebord de la baignoire. Les vertèbres claqueraient comme de l'orge sèche.

Au cas où la guerre éclate pour de bon, je décide de mettre les objets importants dans des cartons. Sauf qu'aucun des objets autour de moi n'a d'importance. Les livres peut-être.

Je descends au supermarché acheter de quoi faire quelques réserves en cas de guerre. Sur place je change d'avis et me contente d'acheter une bouteille de whisky, Lagavulin, seize ans d'âge, tu ne peux pas te rater avec ça, tu transformes le monde en parenthèse totale. J'ouvre la bouteille dans l'ascenseur, l'odeur me réveille comme un coup de sifflet. Je bois au goulot, on n'est plus à ça près. Je pense à la guerre. Est-ce que c'était juste un rêve ? J'appelle encore quelques hôtels dans le nord de l'Italie. C'est idiot.

Peut-être que je devrais aller la retrouver là-bas, en Italie, après tout ce n'est pas si vaste, je pourrais louer une voiture et sillonner chaque village, montrer une photo d'elle et demander *si riconosce questa persona ?* Je ferais pitié. On me dirait non, café après café. Et puis à un moment une vieille dame la reconnaîtrait, elle me dirait qu'une petite Française qui lui ressemble dort là-bas au deuxième étage d'une des maisons face à la mer, je me précipiterais et la trouverais endormie sur le balcon à côté de quelques bouteilles de vin vides, et elle me dirait de la porter dans le lit et une fois sur le lit elle me demanderait de la prendre et de prendre mon temps, elle dirait *tu sais ici il n'y a pas de temps, pas de rendez-vous, juste les cloches de l'église, alors prends-moi, prends-moi, n'attends pas la nuit, prends-moi maintenant et prends-moi mille fois.*

Son corps aurait le goût de l'apocalypse. Il sentirait à la fois l'été et l'hiver, il me raconterait ma naissance et ma mort et aussi toutes les morts après moi, il me dirait tout de la revanche, des espoirs laissés sur le bas-côté du monde, il me dirait tout ce que je n'ai jamais voulu savoir, il me dirait continue, continue, t'arrête pas, t'arrête pas.

Sa respiration passerait du flot à la saccade. On tremperait les draps. Son plaisir deviendrait une nouvelle vérité, et puis la seule vérité en fait. Je l'écouterais me dire ce qui fait du bien, ce qui ne fait rien, et ce qui fait vraiment beaucoup de bien, je prendrais des notes avec la langue. Il ferait nuit et tout le monde n'attendrait plus que notre sommeil d'amants, humide et pacifié comme un pays détruit.

Elle ferait semblant de dormir quelques minutes, et puis l'envie la submergerait. Elle trimbalerait sa main sur mes cuisses jusqu'à ce que je me tourne face à elle dans le lit. Elle me regarderait sans sourire. Il faudrait alors déchiffrer dans ses yeux la brillante soûlerie des sens à venir, il faudrait envoyer les draps sur le sol et la prendre sur un lit dur et plat comme la rue.

Je me lèverais pour aller chercher un verre d'eau dans la cuisine, je tomberais amoureux sur le coup du carrelage jaune et bleu, des murs encore gorgés de soleil, des casseroles propres, de l'odeur de l'Italie. De retour dans la chambre je la trouverais éveillée, les jambes en tailleur. On entendrait un tout petit peu les vagues, juste assez pour la faire sourire.

Elle me prendrait le verre des mains une dernière fois, le déposerait au pied du lit et dans la nuit l'un de nous le renverserait, sans qu'on n'y prête la moindre attention, ça sècherait en une heure. Elle ramasserait les draps sur le sol, les jetterait sur nos épaules comme un songe à la fin du jour. On s'endormirait en quelques secondes, parce qu'on aurait trop de choses à se raconter pour savoir par où commencer.

Peut-être qu'à l'aube on recommencerait à se désirer, sans aller au bout, on piétinerait méchamment l'ennui, on vérifierait que l'autre en ait encore envie, puis elle poserait une paume brûlante sur mon épaule, et on se rendormirait comme ça, à mi-parcours entre le lubrique et le fossé.

Le crépuscule nous surprendrait assoupis l'un dans l'autre. On prendrait une douche, on s'habillerait ensemble, on descendrait dans la rue en laissant l'appartement ouvert, on n'aurait plus rien à protéger de toute façon. On avalerait un dîner dans un boui-boui du village, et loin du lit on se sentirait timides à nouveau. On parlerait peu. On compterait les lumières des bateaux qui découperaient les vagues molles du soir, on commanderait une autre bouteille.

Elle voudrait aller danser. Je voudrais la garder pour moi mais je dirais oui, un oui au son de soupir. On trouverait le seul endroit où danser, un bar aux couleurs criardes sur le port, un bar coincé dans les années 1980. On irait sur la piste de danse, pas vraiment une piste de danse, plutôt un creux entre les tables et les enceintes. On danserait. Puis j'irais nous commander à boire. Je reviendrais et elle serait en train de danser tout proche d'un garçon brun à la peau couleur de bois sec.

Un beau garçon. Sa main à lui sur sa hanche à elle. Et elle qui sourit. Et la musique qui ralentit et lui qui en profite pour la tirer vers lui. Et je ne comprendrais pas. Comment on peut laisser faire ça, comment la physique laisse les atomes s'organiser en autoroutes de peine. J'irais vomir dans les toilettes. Je ressortirais bien pâle et j'irais droit dehors.

Elle me rejoindrait, demanderait quel était mon problème au juste, dirait que je suis pas drôle, je répondrais que je savais pas qu'il fallait que je sois drôle, elle repartirait dans la salle, j'irais sur la jetée, en pensant me laisser tomber dans le ciel, dans la mer, je m'en ficherais. Elle reviendrait à côté de moi, passerait sa main autour de mon épaule, dirait qu'elle est désolée, qu'elle trouvait ça marrant de me rendre jaloux, que si j'étais pas là elle serait rentrée avec le grand brun mais qu'évidemment là elle n'y pensait pas, que j'étais là. Elle ne se rendrait pas compte de la violence de ces phrases-là. Je fermerais les yeux et la laisserais m'embrasser, qu'on en finisse.

On ferait presque l'amour, là sur le port. On finirait dans l'appartement, par terre, on se réconcilierait comme tout le monde, en se prenant comme des animaux, en disant à nos cerveaux d'aller se faire foutre. Je sortirais prendre l'air juste après, ahuri de plaisir et d'épouvante. Je commencerais à la détester. Elle resterait allongée quelques minutes tandis que les dalles froides endormiraient les crampes dans son dos. À moins que ce ne soit l'amour. Elle se dirait *non, c'est les dalles.*

Sur le sol, elle oublierait tout. Les platanes que l'on coupe en hiver, les bruits d'usine, le ronronnement du métro, les brèches que l'on a appelées avenues, le loyer à payer, la guerre qui laboure le sol quelque part loin d'ici. Quand je la rejoindrais elle dirait, les yeux fermés, *il faudrait qu'on meure, non ?* Elle dirait ça en riant et elle irait ouvrir une autre bouteille de vin, mais moi je verrais combien elle était triste.

Elle m'apprendrait pourtant à être heureux. Elle me montrerait la voie. Toujours être sur le qui-vive, toujours avoir un bain chaud prêt au cas où on veuille s'ouvrir les veines, mais aussi toujours avoir un ticket pour Venise au cas où. Toujours faire l'amour. Toujours boire. Toujours rire à en crever. Toujours pleurer. Toujours utiliser des superlatifs. Jamais perdre de vue qu'on n'est que dalle.

Je lui dirais combien j'avais de la peine après Santiago. Je n'apprendrais jamais sa grande amertume à elle et je demeurerais un étranger, un sans-abri ayant juste droit de passage, un chanceux pathétique, un homme petit, toujours à l'ombre. Je me vengerais en lui faisant moins bien l'amour. Elle se vengerait en faisant encore mieux l'amour. Elle gagnerait comme ça. Facile, facile.

On resterait en Italie pendant des mois, on ferait exploser les règles les plus flagrantes de la villégiature, on s'apprivoiserait au creux de l'automne, pour nous ce serait éternellement août. On n'aurait aucune raison de rentrer, plus de peur ni de joie. On ne se rendrait pas compte qu'on ne s'aime plus, que tout ça ne marche pas vraiment.

Finalement on ne ferait plus grand-chose, trop occupés à ne pas perdre l'autre, à faire attention en permanence, à marcher sur la pointe des pieds. La passion deviendrait un gros mot. On ne parlerait qu'en syllabes sucrées, on s'appellerait *mon ange*, son mépris me saisirait dès le petit déjeuner, on essaierait de recoller les morceaux tout le reste du temps.

On ne pourrait pas rentrer en France, à cause de la guerre. Ça nous arrangerait bien. On louerait une maison isolée dans un champ d'oliviers, comme si ce petit village de rien du tout face à la mer était déjà trop peuplé pour nous. On voudrait éradiquer les obstacles à l'amour. En réalité on serait chacun l'enfer de l'autre. Il n'y aurait plus que l'amertume, mais méchante, l'amertume, et tout le temps. Elle chanterait pour que je m'endorme parce que le silence me rendrait fou. On s'en foutrait. On croirait être bien.

On commencerait à écrire un roman à deux, à monter un groupe à deux, à créer un parti politique à deux, à saboter les chemins de fer à deux, à planifier la grande déroute à deux. Je perdrais la raison sans qu'elle s'en aperçoive, et au fond elle s'en foutrait. Je regarderais ses cheveux pousser jusqu'aux creux de ses reins, je lui dirais qu'elle est encore plus belle comme ça, elle dirait *et alors ?*

Et alors, rien.

13 /

De l'aéroport à chez ma grande sœur, en RER c'est direct et ça trace, d'autant plus que je m'endors dans le wagon blindé de touristes à sandales. Je me réveille pile à gare du Nord, je descends dans la station sous-éclairée en vert délavé sur murs bleus, glauque niveau cent, ça te fout le cafard avec l'accent français, *bienvenue à Paris*. J'arrive chez elle, *alors, Santiago, ça dit quoi ?* J'ai soufflé, j'ai répondu que ça s'était pas fait avec le mec qui m'avait suivie là-bas et que ça faisait une calamité potentielle en moins. Il y a eu un silence. J'ai dit *ça pue l'amour raté*. Elle a ouvert une bouteille de vin sous le prétexte qu'il fallait profiter des bons bourgognes avant que la déglingue climatique zigouille toutes les vignes de la région. Deux types étaient là, l'un d'eux était le copain de ma sœur. L'autre était son dealer, qui chantait aussi dans un groupe. Double vocation. Mais je savais plus lequel était qui. Au bout de quelques minutes ils sont partis. Elle m'a dit que de son côté c'était la merde aussi, elle avait l'air en colère. Larmes aux yeux, la grande sœur. Ça m'a fait un choc, parce que c'est pas son genre de craquer. On s'est prises dans les bras. J'ai dit *ça ira, tu verras*, histoire de la faire marrer.

Spoiler alert, tout allait mal. Ça a continué à frapper, sévère, en trombe. J'ai déraillé j'ai dérapé j'ai plié l'échine, à chialer sous la couette du réveil jusqu'au soir. Mais j'ai tenu, va savoir pourquoi j'ai tenu. Quelques semaines après Santiago ma grande sœur s'est jetée dans le vide, deux ans après que j'aie bu mon dernier café-charbon sur la côte. Jour pour jour, comme fait exprès. À Paris j'avais qu'elle de solide, alors après forcément c'était bien grumeleux, bien frêle. Je pouvais plus rester. Même L'Escale allait fermer, c'était écrit sur un papier qu'ils avaient collé sur la vitre, *chers clients, fermeture définitive en octobre*, j'aurais plus rien à regarder depuis ma fenêtre. Il fallait partir. La vie et la grande ville avaient toutes les deux respecté leur promesse, celle de me casser les jambes. Comme disait la grande sœur : respire, joue, et prépare-toi pour le tonnerre.

Elle est morte juste à temps. Le monde l'aimait pas, elle aimait pas le monde, et insister c'est vulgaire. Alors le claquement de porte, l'appel du vide, la classe, quoi. Je l'admire encore plus depuis, cette grande sœur qui est restée calme toute sa vie. Elle était incapable de perdre son sang-froid. Rien ne l'étonnait rien ne la brisait rien ne lui coupait le souffle alors le souffle, elle l'a coupé elle-même.

Quand on était petites j'arrêtais de pleurer quand elle posait sur moi ses grands yeux bruns qui craignaient rien et qui pleuraient jamais. Ça m'impressionnait, moi qui ai traversé la vie en larmes. Elle, elle lâchait rien, elle se plaignait pas, son visage était cristallisé dès le départ. Ah, ce visage. Elle avait pas à se plaindre à ce niveau-là. La beauté l'avait frappée de plein fouet. Elle aimait les garçons, les filles aussi, mais elle les aimait jamais tout à fait. Elle devait avoir un caillot quelque part, rien circulait vraiment jusqu'au cœur.

Dans sa lettre, ma sœur m'a écrit : *Je vais m'arrêter là. Je vais aller au bord de la falaise. Je vais probablement sauter, c'est aussi simple que ça. C'est pas triste. C'est le bon moment. Ne contacte pas papa et maman, c'est des cons. On verra bien ce qui arrivera. J'ai pris la boîte en bronze. De toute façon t'as pas le permis.*

Je l'imagine bien, à mi-chemin entre le roc et le sol, quelque part face à cette falaise, ses yeux sombres grands ouverts, riant à gorge déployée. C'est sûr qu'elle est morte en se marrant. C'est bien son style. Elle a dû trouver la comédie suffisamment infâme pour dire *oh et puis merde*. Moi j'ai presque toujours su aimer ça, vivre. Il y a trop de choses qui me plaisent. Le son des guitares, la neige de printemps qui crisse sous les semelles, la grande ville toute vide le lundi soir, la philosophie à deux balles le coude sur le comptoir, les livres qui sentent comme les brocantes, les fleurs des mimosas, l'odeur de la pluie en été, le goût du sexe dans la bouche, la voix de Chet Baker, la confiture de figues, les pavés de Montmartre, les kebabs de Pigalle, le whisky avant de dormir, les clémentines qui s'épluchent facile, les sacs plastiques qui volent dans les couloirs du métro, les chats qui font leur toilette, le vent glacé dehors quand on est dedans, les *boum* des feux d'artifice, les financiers aux amandes, la lumière bleue des arrêts de bus la nuit, le bruit des trains, les mains de la grande sœur à dix heures dix sur le volant de la boîte en bronze. Il y a toujours un truc pour me garder en vie. J'en vois des bouts de poésie disponibles, là, comme des carreaux de chocolat, partout, toujours, que tu déniches à droite ou à gauche, il y en a, du chocolat et de la poésie.

Mais je suis bien au courant qu'être en vie peut être une putain de punition. Et que si t'es née avec deux chromosomes X, la libération c'est pas gagné. On va te faire croire que les choses avancent pour que tu la boucles. C'est pas joli-joli. Je voudrais que la grande sœur, cette conquistador, en bas de la falaise elle débarque sur un rivage inconnu, couleur chocolat et joli-joli tant qu'à faire.

14 /

L'idée c'était de prendre la voiture et rouler. Vous allez avoir l'impression que j'ai passé ma vie dans ma BMW marron dégueulasse. C'est pas le cas, mais c'est vrai que dans les moments importants, elle est jamais loin. La boîte à gants ferme plus, la portière arrière droite s'ouvre pas, il y a un clapotis du moteur qui sent pas bon dans les bas régimes, et la direction assistée on oublie mais n'empêche, n'empêche que c'est le meilleur endroit du monde pour moi. Faut dire que j'en connais pas des tonnes, des endroits.

Bref, l'idée c'était de rouler. J'ai laissé une lettre à la frangine au cas où. C'était pas contractuel. La vie avait été cabossée mais plutôt marrante, j'en avais marre c'est tout. Pas de quoi en faire un drame, c'est pas triste de se tuer, c'est une grande célébration du libre arbitre. Et puis trente-et-un ans, c'est beaucoup. J'ai laissé la lettre à la postulante et je suis partie dans ma boîte en bronze, sous la bruine parisienne, sereine et limite joyeuse, même si mes essuie-glaces moisis laissaient de grandes traces en arc de cercle sur le pare-brise.

Essayez pas de m'analyser, ce serait pathétique et on perdrait tous notre temps. *C'est à cause de ses parents, blablabla*, psychanalyse de pilier de bar, psychanalyse au pastis. Évidemment je déteste mes parents. Difficile de faire autrement. On se faisait pas tabasser, mais bien amocher quand même. On pouvait pas aller chez les flics. Pas assez de traces. On pouvait juste fermer nos gueules. Je faisais des trucs de mecs pour calmer le patriarche. Je faisais des pompes, je crachais par terre, je regardais des films de flingues avec lui, j'empruntais ses magazines de foot pour me caresser sur les photos des joueurs. L'adrénaline montait tandis que je me touchais, avec la petite sœur qui écoutait de la musique dans le lit superposé et les parents qui buvaient leurs bières brunes de l'autre côté de la porte. Le goût du risque.

Pendant ce temps ma sœur allait dans le sens inverse et à toute bringue. Tout ce qu'elle choisissait de faire beuglait *je suis une fille, allez bien vous faire foutre!* Ça a fini par se voir. Je jouais au garçon manqué pour calmer les coups mais la petite frangine commençait à ressembler aux filles dans les films de Godard, avec les grands yeux tristes en amande qui clignent trop vite, les petites robes et les jolies mains fines. Et verts en plus, les yeux. Quand elle fumait une clope tu pouvais presque entendre la bobine du film qui tournait.

On avait pas beaucoup d'argent. C'était pas *Germinal* mais je me souviens pas avoir vu le moindre signe de confort pendant toutes ces années. L'argent était converti irrémédiablement en loyer, nourriture, bière brune, séance de cinéma le samedi. Il y avait pas de surprise, pas de allez-on-se-fait-plaisir. Les parents se disputaient tout le temps, à la maison c'était vue plongeante sur un divorce qui veut pas s'assumer. La petite frangine et moi on est arrivées dans la cour des grands avec une certitude, c'est que l'amour ça guérit pas, ça esquinte.

On a pas eu la même façon de gérer ça. Moi j'ai pas fait dans le sensible, je me suis blindée. Pragmatique. Efficace. Au moment de quitter le nid familial j'ai joué dans un film pour adultes juste pour faire chier mes parents. Ils pourraient plus nier que je suis une fille. Quelques années plus tard je leur ai envoyé le DVD, ça m'a fait un bien fou.

Je suis jamais tombée amoureuse, j'avais mieux à faire. La petite sœur par contre c'est de l'émotion non filtrée non diluée, elle part avec les rafales. Elle tient pas en place. J'ai pas compté le nombre d'appartements qu'elle a squattés ou loués et dont elle s'est fait dégager. J'ai pas compté le nombre de mecs, parce que qui aurait pu, vraiment ? J'ai pas compté les petits boulots avec lesquels elle jonglait. Quand je lui demandais comment était le travail, elle répondait toujours *je m'ennuie au boulot, et ça m'ennuie rien que d'en parler*. Elle se faisait même pas virer, elle en avait marre et elle jouait l'abandon de poste, et c'était réglé. Je crois qu'elle voulait être partout, elle voulait qu'on la confonde avec Paris. Au final elle est bien amochée. C'est tout ce qu'elle a gagné. Je connais au moins deux-trois mecs qui l'ont maltraitée, sans compter le paternel. Mais ça c'est comme les estimations de la police, pour obtenir le vrai chiffre il faut multiplier par dix. Elle est pas tombée sur les bons garçons, puis elle l'a chopé, le bon garçon, et il est mort, comme ça, en plein jour. On a pas idée de mourir en plein jour. Mais bon, qu'est-ce que tu veux, elle a un abonnement premium à la catastrophe.

J'ai toujours voulu qu'elle soit prête à parer les coups. Prête à la parade. Il fallait surtout pas l'épargner, et lui montrer dès le début ce qui l'attendait, histoire qu'elle se cuirasse, qu'elle se refuse à l'espoir. Je l'ai emmenée voir des concerts pas recommandables, jusqu'à ce qu'elle puisse plus entendre la pop à la radio sans avoir la nausée. Je l'ai présentée à mes mauvaises fréquentations, je lui ai fait goûter tous les alcools avant qu'elle ait dix-sept ans, je lui ai parlé des viols et des autorités qui se moquaient des filles quand elles venaient porter plainte. Je l'ai pas ménagée. Je lui ai dit que la forêt en Amazonie c'était bientôt fini, que la neige en hiver aussi, que les vieux cons étaient en train de gagner, partout. Mais ça a pas marché, elle s'est pas blindée, elle a plongé dans la capitale tête baissée, plus douce, plus romantique, plus fragile, plus vénère aussi, plus offerte aux vents et elle a serré les dents en lâchant *je vais changer le monde*. Il y a des gens comme ça, ils attirent la foudre. Même à Santiago pour un putain de séminaire elle arrive à revenir avec une fable triste, un amour à la peine. Fallait la voir replonger dans Paris encore et encore, les muscles tendus et le front en avant, à s'interdire de regarder en arrière parce qu'en arrière tout lui faisait mal. Une fille comme ça, ça tient pas en place.

La voiture cliquète, à l'arrêt sur une aire d'autoroute étrangement animée. Il est minuit, où ils vont tous ces gens ? Des dizaines de camions bien rangés, comme des jouets. La lune au-dessus de nous, gracieuse, pourpre. Dommage d'être pleine de grâce au-dessus d'un paysage si éclaté. Béton partout. Bâtiments industriels derrière une clôture défoncée. Je fume une cigarette, assise sur le rebord du coffre ouvert. Un routier sort de la station avec une serviette sur l'épaule. Je me demande ce que ça fait de se doucher au bord de l'autoroute, et puis de repartir en sentant le savon.

Il y a une sorte de restaurant à l'intérieur. Je commande une salade qui, surprise, s'avère comestible de justesse. Un mec d'une cinquantaine d'années s'approche et m'offre un verre. On me l'avait pas faite encore celle-là, le type dans la station-service qui se rêve Casanova du bitume.

Je le laisse occuper la chaise en face de moi. Il a une moustache et une peau rose comme s'il était allergique à la lumière. Il essaie de m'impressionner. Il dit qu'il revient de Pologne, qu'il transporte des meubles de luxe. Il dit que je suis la plus belle fille qu'il ait jamais vue, que ça fait comme une fausse note dans la cafétéria. Il a l'âge de mon père quand la postulante et moi on a quitté le domicile familial. Je découvre cette nuit que c'est donc possible d'être gentil à cinquante ans.

Et puis il m'explique la différence entre le remorque et le semi-remorque. Il parle de son ex-femme et de son frère, des gens qui ont l'air chouettes mais qui ne veulent plus le voir. Il a bu une bière, j'en ai bu trois. Il dit qu'il faut arrêter là, qu'il s'inquiète pour moi. J'aurais été la petite sœur j'aurais pleuré ou je lui aurais fait l'amour dans le camion jusqu'à lui péter le cerveau. Je soupire juste. J'aurais voulu un père comme ça. J'aurais pu faire des études au lieu de devenir la paumée préférée de Pigalle, et ma sœur n'aurait pas été l'ambassadrice des amours cassées.

Je voudrais vivre cette nuit en boucle et à l'infini. Sur la route. À fabriquer des souvenirs avec des inconnus. Au moment de se dire au revoir, il me serre la main. Il demande si c'est possible de se faire la bise. Sa moustache pique, je lui donne une astuce pour la rendre plus douce : huile de barbe, peignage, crème coiffante. Il a rien compris. Il me dit qu'il sera là, même station-service, même heure, dans deux semaines. Qu'on pourrait échanger nos numéros de téléphone, mais que c'est peut-être malvenu. Je dis oui bien sûr et je lui donne mon numéro. Le vrai. Je lui dis *vous savez je suis pas une créature de station-service, je garantis pas d'être là dans deux semaines.* Il dit qu'on verra bien. Il m'offre un café au distributeur, pour pas que je m'endorme au volant. Putain, la gentillesse. Je lui en paye un deuxième, et on continue comme ça un peu, à retarder le moment de se dire au revoir pour de bon.

Il s'en va. Sa silhouette carrée traverse lentement les lumières blanches de l'aire d'autoroute. Il monte dans son camion, et klaxonne en passant. J'ouvre la portière de ma boîte en bronze millésime 1980, minuscule à côté du camion du monsieur. Je passe la première, le levier de vitesse fait *crrrrrrr* et je pense à lui qui voudrait être ailleurs que dans son engin à remorque. Je roule quatre heures sans m'arrêter.

Les autoroutes à l'aube, ça t'envoie forcément en pleine gueule la question *mais tu fais quoi là ma vieille?* J'ai pas la réponse. Je pense à la lettre que j'ai laissée à la petite frangine. J'ai écrit *je vais m'arrêter là* sans savoir si j'allais vraiment m'arrêter là, après tout je vais peut-être la devenir, la créature de station-service. J'espère qu'elle tiendra. Je pense qu'elle tiendra. Elle aura mal, c'est sûr, mais avoir mal, tout le temps, ça veut dire que ça avance, ça veut dire que t'es en vie. Il faut se tenir là toute craquelée, à se crever l'estomac avec des ciseaux. Et puis surtout, si je reste à Paris elle y restera. Et Paris la tue. Je fais ça pour elle. Pas sûre qu'elle le comprenne, parce qu'un départ ça reste un départ. Tant pis.

Je roulais vers l'ouest, mais finalement je change d'avis et trace plein sud. Journée entière sur la route. J'arrive à la tombée de la nuit près de Marseille. Il paraît qu'à Cassis il y a une belle falaise, pierres orange avec vue sur le coucher de soleil et la Méditerranée, et je me dis que c'est bien, ça, comme dernier voyage. J'irai demain.

Je dors dans un hôtel pour routiers sur la nationale. Un grand panneau en fer dans le lobby annonce *Menu Routiers 16 €, vin et café inclus, douche 1 €. Parking surveillé : vigile et chien.* Ma chambre est petite et chaude. Papier peint lavande-olive-cigale sur fond jaune, au cas où t'es pas sûre d'être dans le sud. Silence total entrecoupé du glissement sourd des voitures sur la nationale. Les draps piquent un peu. Ça sent la lavande, on reste dans le thème. Je réalise que c'est le dernier lit dans lequel je dors. Je me sens pas à ma place. La petite frangine me manque. Je pense à demain, la falaise, les pierres qui paraît-il sont rouges le soir jusqu'à en éclipser le soleil.

Fin de matinée. Je bois un café dans ce qu'ils appellent la salle à manger. Je me suis levée trop tard pour leur petit déjeuner, *c'est dommage c'est inclus dans le prix de la chambre*. C'est une vieille qui me dit ça. Elle a le sourire agrafé aux lèvres, habillée en noir. Elle est assise à la table à côté. Elle dit que l'avenir appartient à ceux qui se lèvent tôt. Je lui dis que toutes les récentes études montrent qu'au contraire les gens brillants se lèvent tard et vivent la nuit. Elle dit que nous les jeunes, on a décidément toujours raison. En réalité elle est gentille, elle dit tout ça sur le ton de la plaisanterie, on dirait qu'elle se fout de tout. On parle de l'hôtel, des clients, du trafic de la nationale qui monte et descend comme la marée au cours de la journée. La route impose sa cadence à l'hôtel, bruyante à ses heures, fantomatique la nuit. Au bout de quelques minutes elle m'apprend que contrairement à ce que je pense elle travaille pas ici. C'est une amie de la gérante, elle est à la retraite, alors elle vient là, discuter avec son amie ou avec les clients. C'est fou ce que les retraités se font chier. Elle dit que les gens sont bien seuls ici. Je lui dis que la grande ville n'est pas bien loin, trente kilomètres à la louche, elle répond *on ne la sent pas, Marseille, même si on est tout près. On est coincés entre la colline et la route, on ne voit qu'elles. Jusqu'à preuve du contraire rien d'autre n'existe.*

Elle me demande ce que je fais ici. Quand je lui annonce que je veux voir les falaises de Cassis, elle m'interrompt. *On ne prononce pas le s final. Ah on voit bien que vous n'êtes pas d'ici. Vous dites Parisse, sous prétexte qu'il y a un s à la fin ? Non. Eh bien ici c'est pareil, ce n'est pas parce que vous êtes dans le sud qu'il faut désapprendre le français.* Je lui promets de ne plus prononcer le s. Elle dit que c'est beau, là-bas, sur la crête, mais que c'est triste aussi. On s'y sent tout petit. Certains s'y tuent. Les adolescents surtout, eux qui sont extravagants même dans la mort.

J'y vais en fin d'après-midi, puisque c'est à ce moment-là que la falaise se dresse, sanguine, comme une provocation à la mer. Un peu caillera, la falaise. La route est belle, ça commence bien. Ça se dessine en temps réel, serpent de calcaire, ça monte sur le versant facile de la crête, ça te laisse deviner l'à-pic. Et derrière, la Méditerranée, bleu sombre et craquelée de houle, avec le petit port à touristes en contrebas. Les virages comme un langage, avec des c des s des u, tout un alphabet, on dirait qu'on arrivera jamais en haut, on dirait qu'on est condamnés à faire des virages jusqu'à la fin des temps, comme un Sisyphe en bagnole. Parfois apparaissent des petites aires de stationnement sur le côté de la route, terre et gravier, traces de pneus. La voiture galère, c'est là que ça me rappelle qu'elle est vieille, ma caisse, au bout du rouleau. Tous me doublent, allez, allez-y, si vous saviez. Il me faut bien une demi-heure pour arriver en haut, trouver un endroit où garer la boîte en bronze. Je respire un grand coup. Je suis venue. C'est déjà ça. La lettre à la petite frangine, c'est pas contractuel.

La vue est prodigieuse. J'ai jamais voyagé mais n'empêche, on m'avait pas dit que c'était possible d'être aussi haut face à la mer. Souffle coupé. D'autant plus que le vent m'envoie des bonnes dérouillées. Vent chaud, salé, inconcevable et qui vient se caler dans la gorge. Trop haut pour entendre les vagues, on entend que les bourrasques qui nous encerclent, nous enserrent, en cerceau brûlé. Le ciel vire au rose vers l'ouest. Je marche vers le bord. Le vent me fait trébucher. Je commence à apercevoir, sur ma gauche, la falaise. Écarlate. Brutale. Regarder en bas donne la nausée, regarder droit devant c'est se gifler à coups d'horizon. Alors je regarde mes mains, minuscules face au vide. Avec ces lignes de vie que la petite sœur prétendait savoir lire dans notre chambre de bonne, en improvisation totale. On se marrait, elle disait que j'avais de la bravoure à revendre, et un grand destin, mais un destin qui se lève pas de bonne heure, un destin de dernière minute, *tu vas avoir une putain de vie, ça va tout démolir, mais il te faut de la patience. Promis?* Promis. Dans la mort elle me manquerait un peu la petite frangine. Je me mets à pleurer. Et là, tu lis quoi, dans les lignes de ma main, petite sœur? Je pense à tout ce que je lui ai appris. Je voudrais voir son futur, le mien je m'en fous. Moi, je sais pas ce qui m'arrivera. Après tout tant qu'on a pas touché le sol il y a pas de différence entre voler et tomber. Dis, dis, la postulante, tu lis quoi aujourd'hui dans les lignes de ma main? Je voudrais rentrer à l'hôtel de bord de route, finir ma vie là-bas, doucement, à commenter les tenues des clients avec l'amie de la patronne. Je voudrais retrouver mon routier, on boirait trois bières toutes les deux semaines sur l'aire d'autoroute, il deviendrait mon père, sans la castagne. Je voudrais protéger ma petite sœur, devenir la garde du corps de ses états d'âme. Ou alors je fais un pas en avant et j'en finis avec le malheur. Alors, petite sœur, tu me vois là avec la paume de la main tournée vers le ciel, dis, tu me vois ? Et tu lis quoi ?

15 /

Sans ma grande sœur j'y arrivais plus, c'est pas compliqué. Courbatures sans avoir bougé, bronchites en plein été, allergies fantaisistes, et vertiges en continu, de plus en plus, à me punir d'avoir osé me lever. J'ai tenu une semaine à Paris, à regarder L'Escale sur le point de fermer. Je croquais dans des piments crus pour me réveiller. Je voulais pas retourner à l'hôpital, je voulais pas. Il m'en restait dans les tiroirs, merde. Je me concentrais sur les trucs importants. Les supernovas à effondrement de cœur. Je lisais tout ce que je pouvais à leur sujet. Un article l'affirmait, *si ces étoiles meurent, c'est à cause d'une mauvaise rencontre*. Dans une vidéo un astronome expliquait qu'on pensait au départ qu'une supernova à effondrement de cœur, c'était une étoile qui mourait de vieillesse, mais que *ce que nous avons découvert, c'est que les étoiles massives peuvent en fait mourir beaucoup plus tôt*. Parce qu'elles rentrent en collision avec un trou noir. Pas de bol. Le trou noir tombe dans l'étoile, libérant une quantité de plasma et d'énergie épouvantable, faisant exploser l'étoile. Voilà. Supernova à effondrement de cœur. La plus belle expression du monde. Je comprends pas pourquoi tous les journaux télévisés ne parlent pas que de ça. Qu'est-ce que vous avez trouvé de plus important ?

J'ai dit au revoir à Paris comme un coup de vent. Je suis partie sans prévenir, sans couper le gaz, l'eau, l'électricité. J'ai mis quelques affaires dans un box en banlieue, j'ai changé de numéro et j'ai pris un train puis un autre jusqu'ici, où personne m'attendait, petit village posé sur une côte dont j'ignorais tout. Je pourrais écrire un petit guide *Comment disparaître proprement*, maintenant je sais, il faut six jours.

Le carillon rauque sonne quatre fois, puis une fois plus aiguë. Je sors parce que le cours de piano de la voisine va commencer et ça me fait penser à lui trop fort. Il jouait du piano. Pas le genre poseur qui fait le beau en soirée quand il trouve un piano dans un coin. Il jouait qu'une fois seul. Ou pour moi quand j'insistais tellement qu'en jouer était la seule façon de me faire taire. Le piano de la voisine rapplique toujours à quatre heures trente précises. Les gammes, les exercices, puis la vieille femme, j'entends sa voix donc je sais que c'est une vieille femme, joue un peu, peut-être pour faire plaisir à l'élève, à mon avis juste pour lui mettre une grosse raclée.

Moi je suis pas là pour les leçons de piano. On a plus le temps pour la musique. Il y a des supernovas à effondrement de cœur dans un coin de l'univers, alors on va pas tourner autour du pot. Resservez-vous un verre pendant que je me reluque dans le reflet d'une vitrine du village. C'est dommage, ces fesses, ce ventre, cette bouche. Ici personne les touche. Du coup ça sert à quoi ? Ça sert à rien.

Six coups de cloches. Enfin. J'ai soif. Direction le petit bar. J'espère que la belle inconnue viendra, que ça me fasse quelque chose à regarder.

Le patron nettoie le comptoir quand j'arrive. Aujourd'hui son foulard et ses bretelles sont blancs. Ça lui va bien. Le vent s'engouffre en rafales courtes par une petite fenêtre ronde derrière le bar, soulevant ses cheveux en angle droit. C'est une moumoute, pas de doute. La radio joue une reprise en italien d'un morceau de Louis Armstrong dont le titre original m'échappe. Je cherche un bout de temps. J'abandonne. Le gérant me ressert. Je vide mon verre en regardant la télé par-dessus mon épaule. C'est un jeu télévisé. Un des habitués au comptoir a l'air envoûté, même si sans le son c'est surtout des dames maquillées comme des camions volés qui s'agitent devant des fonds bleu fluo. Il y a la trace de mes lèvres sur mon verre. La belle femme ne viendra pas. Je quitte le bar quand la nuit se pointe. Je me lève trop vite, j'ai la tête qui tourne, évidemment. Je m'assois sur le dernier tabouret avant la sortie, le temps que ça se calme, et tout le monde me regarde bizarre. Un type au comptoir me demande en français si je m'en vais ou si je change seulement de place. Je réponds que je suis désolée, que je m'en vais, que j'ai juste chaud. *Mi dispiace*, j'ajoute, en faisant glisser la porte d'entrée. Je sors. Il fait doux, pas encore nuit. Ici personne me blesse, je blesse personne. Je me sens prête pour le mettre à exécution, mon plan. Je serai pas une taularde, j'irai au bout. Pas essoufflée, pas tassée, pas taularde. Grande et chaude comme le guebli, ce vent qui rentre en Algérie par les côtes, sans frapper, depuis le Sahara. Je le porterai en hurlant jusqu'ici, ils verront. Sans frapper.

Mes pas résonnent sous l'arche de la tour de la mairie. Un écho aqueux et mou. C'est pourtant tout sec. Il a pas plu une fois depuis que je suis arrivée, et ça a pas l'air d'être au programme des festivités. Il y a un port triste et étroit au bout du village, avec deux ou trois bars posés sous les briques, ce soir je me dis que ce serait bien d'y aller. Voir la mer de près. Il est temps. Pas tassée, pas taularde. C'était pas jouable depuis que je suis arrivée. Mauvais souvenir. Qui tache et qui lâche pas. J'ai dressé une bonne distance de sécurité entre nous. Il y a du respect, mais on est plus trop amies, la mer et moi. Fallait pas prendre mon homme. Bon, c'est pas la même mer. Lui a été pris par l'océan, le vrai, bien vénère, alors qu'ici c'est la Méditerranée, c'est comme une flaque.

Ça s'est rafraîchi, je vais d'abord chez moi me changer. J'arrive devant mon immeuble, petite caisse orange posée face à la côte, quatre petits appartements qui se tournent le dos les uns aux autres. J'ouvre mon sac. Tout est là : briquet blanc, cigarettes, billets bien serrés, carte contre téléphone, alcool de menthe, et je trouve la clé en dernier. Je pousse la porte. Je vérifie la boîte aux lettres. Pour la forme parce que c'est pas comme si j'avais une correspondance ici. Je veux entendre le grincement de la boîte aux lettres, le genre de bruit qui te fabrique direct une vie normale. Sauf qu'il y a une lettre à mon nom. J'en reviens pas. L'idée que quelqu'un ait pu me retrouver si vite, ça me fait flipper, comme si on me braquait. Il faut être fou pour pas respecter l'exil. Je mate autour de moi. Personne. J'ouvre l'enveloppe, qui laisse une petite poudre de papier sur mes doigts, j'ai l'impression de casser du sucre. La lettre sent Paris. Mauvais signe. Écriture de gosse. Ça dit juste *Je suis ici aussi. Si tu veux on se voit. Je t'embrasse. Damien.*

Putain mais quel idiot. Si tu sais même pas respecter la fuite, on peut plus rien faire pour toi. Je remets la lettre dans son enveloppe, l'enveloppe dans la boîte aux lettres. Dans un monde bien fait ça suffirait pour un retour à l'envoyeur.

Je monte les escaliers à toute vitesse. Les verres de vin sifflés au bar courbent les marches, je trébuche deux ou trois fois. L'appartement est plongé dans une sorte de pénombre vaseuse qui sent mauvais. Juste la lumière de la nuit sur le carrelage, bleue et douce. J'enlève ma robe, je m'attache les cheveux, je mets un haut, une veste, un jeans et je claque la porte. Je remarque que je claque toujours les portes. Je sais pas comment les fermer sans les claquer, mais je suis sûre que ça s'apprend. L'escalier me semble encore plus liquide qu'à la montée, mais miraculeusement je tombe pas. Pas fragile, pas tassée, pas taularde. Je regrette de pas avoir bu un verre rapidement sur le balcon. Je le ferai dans un bar du port. Je cours vers la mer. Le courage plié comme un journal sous le coude. Allez, allez. Maintenant toutes les lumières sont allumées dans les rues. C'est tout jaune, noctambule, fort. Je sors de la *città alta*, passe sous l'arche minuscule de la porte sud du village, je cours mais je sens plus mes jambes, je tourne là où une vieille villa rose exhibe ses tours carrées de principauté de pacotille, je traverse la grande route qui mène aux montagnes, celle bordée de pins gris et brûlés par les étés interminables, les voix italiennes glissent sur moi, je perds mon souffle, je me faufile entre les balcons des villas de bord de mer, je contourne la supérette et ses piles de cartons éventrés, fermée, le marchand de *tabacchi*, fermé, la gare, fermée. Et puis ça sent la mer, un peu, puis beaucoup. J'ai la trouille. Un peu, puis beaucoup. Dynamite dans les poumons. La peur qui tabasse. On est plus amies, la mer et moi.

J'y suis. Elle est là. Mais elle ressemble en rien à celle qui l'a tué. C'est une mer bleu marine, désossée, adoucie par les digues et la nuit. Vaste mare sans houle. Je me plante en face, je cligne pas des yeux, je fais la grande. On s'écoute, on se dévisage.

Quelques vagues pour elle. Quelques respirations pour moi. Une éternité passe. Je dois bien avouer qu'elle est belle. Ça va. On fait la paix.

Je suis guérie de ça. Je sais pas combien de bris de verre il y a en moi, combien de marches branlantes dans l'escalier, mais ça en fait une de moins. Au loin, sur la terrasse d'un bar, une ombre se lève.

Il y a une digue sur ma gauche, parallèle à l'horizon, au bout d'une promenade déserte. Côté mer, de gros rochers blancs sous lesquels on entend l'eau glisser. Côté port, juste du béton gris, oblique. Le béton est craquelé, couvert d'une couche de sel séché. Un lampadaire s'ennuie tout seul au bout de la jetée, sa lumière dessine un cône jaune au-dessus de l'eau. Je m'installe là, je suis assise sur le béton et j'ai l'impression d'être en équilibre, comme à la cassure du monde.

Le sel séché craque sous mes doigts. Depuis le bar du port l'ombre, lente et élancée, marche vers moi, suivant une ligne droite qui coupe l'obscurité en deux. Je me passe la main sur la nuque, un geste qui m'a toujours rassurée.

L'ombre est toute proche maintenant. La mer est tellement calme que tout ce que j'entends c'est le claquement des cordes contre les mâts des petits voiliers dans le port. Plus loin, en tendant l'oreille, je discerne la petite musique qui coule des haut-parleurs d'un des bars du port. Ça fait fin de nuit, fin d'été.

16 /

Ça m'aurait bien arrangé qu'elle ne soit pas belle ce soir. C'est raté. Elle m'a regardé venir depuis la digue, elle ne bronche pas, petit sourire furtif qui me coupe la carotide. Ce n'est pas un sourire de bienvenue. Elle se détourne un instant vers la mer qui elle, forcément, vire au noir méga-tragique à mesure que je la rejoins. J'entends son soupir de loin. En avançant, je me rends compte à quel point ma présence ici est une agression. Mais trop tard pour faire marche arrière. Rien ne fonctionne, rien ne fonctionnera jamais, je me dis. Devant elle, un bateau de pêche quitte le port à faible allure, une petite loupiote bleue sur son toit. Elle prend son sac, sort un flacon, le porte sous son nez, le remet dans le sac. Ses flacons d'alcool de menthe. Ses vertiges. Super, tout n'a pas changé. On se raccroche aux branches qu'on a.

J'ai cru que mon arrivée serait vécue comme le débarquement des forces alliées. J'ai cru que je lui manquais. J'ai cru qu'il ferait une chaleur torride et en fait je me gèle. Là en m'approchant d'elle je prends conscience que contrairement à ce que les philosophes racontent dans les podcasts que j'écoute pour faire l'intéressant, la pensée solitaire et non-empiriste est démente, voire complètement stupide. Les dernières semaines ont été un précipice cérébral.

Je devrais sûrement m'arrêter là, lui déposer la seconde lettre que j'ai écrite et partir en courant sans un mot, comme un bon abruti. Seulement voilà. Elle détestait la mer, ça au moins je le savais, mais je suis quand même venu sur le port. Et c'est là que je la trouve. C'est un signe, Damien, je me dis. T'es sur le bon chemin, Damien. T'es un bon. De toute façon je ne peux pas m'arrêter, elle me dévisage, elle est juste là. À croire qu'elle m'attendait, sous le ciel que l'absence de grandes lumières crible d'étoiles.

– Qu'est-ce que tu fais là ?

Température ressentie dans la modulation de la voix : moins vingt degrés. J'ai envie de me jeter à la flotte. Mais je reste droit, tendu, sur mes appuis.

– Tu me manquais. Je voulais vérifier que ça allait.

– C'est une raison valable. Au moins t'es pas venue me tuer et faire un abat-jour avec la peau de mon visage.

– Pardon ?

– Ma sœur disait que t'allais faire ça à Santiago. Elle en était même certaine.

Elle a l'air déçue. J'ai envie de me taillader les veines. J'ai froid. Je sens le Grecale qui me glisse dans le cou.

– Le vent qu'on sent là, c'est le Grecale. Il vient de Malte et il n'existe qu'ici.

– T'es passé de l'astronomie à la météorologie ? T'as revu tes échelles à la baisse.

– Pas tant que ça. Les deux sont très liés. Le vent et la lune, par exemple, les liens de cause à effet sont…

– Comment tu m'as trouvée ?

Son visage s'est fermé comme un vieux bouquin. Elle veut que je parte. Ça me tue de l'admettre. Je l'admets quand même.

– J'ai eu du mal à te retrouver.

– C'était un peu le but.

– Je voulais te parler. Et ton téléphone sonnait dans le vide, il sonnait, il sonnait, il n'y avait personne, on dirait qu'on appelait l'espace, qu'on cherchait un pulsar ou une supernova. Tu te souviens ? Une supernova ?

– Je pense qu'à ça.

Je ne sais pas si elle plaisante ou pas. Je ne sais plus rien. Je sens les pulsations qui parcourent mon sang en ondes sévères. Ça s'affole. Je vais me casser la gueule si je reste debout sur un rocher comme ça. Je m'assois.

– Tu sais, j'ai appelé tellement d'agences de location, tellement d'hôtels. Ça m'a pris trois semaines, je ne sais pas pourquoi dans les films ils retrouvent les gens en deux-trois jours, tranquille, c'est des conneries.

Elle allume une cigarette. Les cordages claquent sur les mâts quelque part derrière moi.

– C'est flippant. Que tu sois là. Tu le comprends ?

– Je sais. C'est chelou.

– Très.

– Personne n'aime être rattrapé, que ce soit en Ligurie ou au fond de son lit.

– Personne.

– Une de mes copines m'avait quitté parce que j'essayais de la serrer dans mes bras la nuit, elle m'a dit *pourquoi tu viens me chercher au fond du lit, tu vois bien que je rêve ?*

Elle dit que j'aurais dû rester avec cette ex-là. Elle m'explique que pour l'instant elle boit et elle marche dans le grand sec de ce village et elle fait des rêves terribles, des rêves cabrés vers la révolution et la mort. Je lève le poing vers la nuit, je lance *révolution!* en surjouant et elle rit un peu. Elle va mieux que ce que je pensais. Elle va mieux que moi. Elle montre le ciel au-dessus de la Méditerranée.

– Dis, les supernovas à effondrement de cœur…

– Oui?

– On les voit, là?

– Ce serait la première fois qu'on en verrait une à l'œil nu. Mais pourquoi pas aujourd'hui?

On entend le bruit des vagues qui fanent, douces, au pied de la digue. Je voudrais leur dire que leur force dépend de la lune, des lois de la gravitation, de choses trop grandes pour elles.

– J'ai peur de la guerre tu sais.

– La guerre?

Elle a dit ça comme s'il n'y avait pas de guerre, pas de torpilles, juste au pire des pots de départ. Je l'envie. Elle a les cheveux plus courts qu'à Paris. Elle remet une mèche à sa place. Elle ne me regarde pas beaucoup. Pas assez en tout cas. Ma mère affirme que je cherche toujours l'attention des autres, que sans elle je m'éteindrais. Selon elle c'était pour ça que je laissais traîner mes objets dans l'entrée et sur le grand buffet en bois du salon. Pour pas qu'on m'oublie. Ma mère m'a toujours regardé, elle a toujours été la femme la plus adorable du monde. Je me demande comment c'est possible, avec une mère pareille, d'en arriver là, à faire la cour à des filles impossibles. Ce n'est pas la faute de ma mère, c'est la mienne, tout entière, une faute vaste comme la Méditerranée là devant nous.

– Quand tu es partie j'ai pris mille précautions pour ne pas te montrer combien j'étais triste. C'est con ce monde où on a peur d'être émus, d'être petits, comprimés par la tristesse.

Sur le port, un des bars a éteint ses lumières. Certains clients se déportent vers l'établissement voisin, plus rustique mais encore opérant. Avec la distance on dirait qu'ils glissent sous des câbles. Tout doux. J'écoute encore les vaguelettes chuinter sous nos jambes ballantes. Au loin, les ombres noires des grandes collines frontalières se jettent dans l'eau. Derrière c'est un autre pays, là où sur d'autres digues d'autres gens se font du mal. Mais depuis le bar du port on doit avoir l'air d'amoureux. Ça ne m'aide pas.

– Je t'ai écrit une lettre quand j'imaginais que même en venant ici je ne te reverrais jamais. Je t'ai trouvée mais je voudrais te la donner quand même.

Je lui tends l'enveloppe au moment où je prononce cette phrase. Elle la regarde comme si c'était la première enveloppe qu'elle voyait de sa vie. Elle lève les yeux au ciel. Elle finit sa cigarette, en allume une autre, comme pour sabrer l'odeur de la mer avant qu'elle ne l'atteigne.

– T'es venu pour quoi Damien ?

– Je suis venu… pour m'assurer que tu allais bien.

Non, ce n'est pas vrai, Damien. Dis la vérité, Damien.

– En fait je venais pour te conquérir, pour te séduire une bonne fois pour toutes. Pour réussir ce que j'ai gâché à Santiago. Mais maintenant que je suis là, je comprends que je suis venu te dire au revoir.

Je n'arrive pas à arrêter de lui dire au revoir. Tous mes gestes trahissent cette idée, tous les sons, tous les silences, saturés de vent et de peine. Tout ce que je fais ne dit ni à bientôt ni à demain, ça dit au revoir, un au revoir au goût des siècles à venir, des siècles de cendres et de commotions. Je voudrais arrêter le grand voltage du temps, je voudrais presser *pause* et réfléchir à ce que je vais dire, un truc puissant, simple, qui la fera tomber, dans l'amour, dans mes bras. Dans la mer, pourquoi pas.

– J'ai un train à l'aube. Mais je pourrais le rater.

– Ne le rate pas. Damien ?

– Oui ?

– Je vais aller aux toilettes dans un des bars là-bas, et je vais pas revenir, OK ? Je vais dire *je vais aux toilettes, je reviens tout de suite* et je vais pas revenir. Tu vas prendre soin de toi. Tu me le promets ?

– Mais… avec la guerre, tout ça.

– Il n'y a pas de guerre. Regarde. La mer est calme.

– Oui.

– Tu prendras soin de toi ?

Elle met l'enveloppe pliée en deux dans la poche de sa veste. Elle se lève, passe la main dans mes cheveux, les ébouriffe en souriant. Je ne suis qu'un enfant.

– Je vais aux toilettes, je reviens tout de suite.

17 /

J'aurais dû t'embrasser.

À Paris j'ai voulu t'embrasser des milliers de fois, mais ça ne comptait pas, c'était comme respirer. Inspirer, expirer, vouloir t'embrasser. Et à Santiago, j'aurais pu. J'ai eu ma chance, une vraie cette fois.

C'était terrifiant. J'ai senti que je mourais. J'étais tellement mal que j'ai pensé à te tuer. Je t'aurais étouffée sous l'oreiller. On a fait une énorme erreur quand dans les chansons et les livres on a associé l'amour aux jolies choses. On est tous bernés parce qu'on y arrive par le désir, par les coups de reins et les câlins tranquilles. Sans ça on n'aurait jamais accepté l'idée même de l'amour, on aurait trouvé ça dégueulasse. On aurait fait la grimace, comme quand on nous parle de scorpions ou des gens qui vendent leurs enfants.

Je rêve d'un monde où les filles embrassent en premier, toujours. Les garçons n'auraient pas le droit. Six ans de prison ferme pour premier baiser sous impulsion masculine. À Santiago, tu m'aurais embrassé, tu m'aurais aidé à supporter le monde.

C'est facile de partir mais c'est terrible de regarder quelqu'un partir. C'est une vie tête baissée, tête baissée. Je t'ai vue partir, partir. Moi je mourais de dormir sans toi, de me réveiller sans toi. Tu le voyais ? Tu t'en foutais ? Après t'avoir dit au revoir, en marchant à travers Pigalle pour rejoindre mon appartement je rêvais d'être attaqué, brutalisé, tué, histoire d'avoir mal ailleurs.

Tête baissée.

Je ne sais pas ce que tu fais là-bas, mais la prochaine fois que quelqu'un a peur de t'embrasser, il faut que tu l'aides. Avoir eu peur de me lancer, ça ne veut pas dire que je ne suis bon à rien, ça veut dire que je t'aime avant de t'avoir touchée, que tu es ma dernière promenade, ma dernière coucherie, ma dernière femme. Ça veut dire qu'il faut que tu m'aides.

Il faut que tu m'aides parce que sinon mes artères éclatent, mes pupilles se jettent dans le four, et moi je suis seul avec toi pour toujours, mais avec toi sans toi, avec le souvenir de toi et les possibilités que j'ai ratées. À force d'y penser je suffoque, seul, seul, putain. Seul, ça veut dire que tu vois un avion dans le ciel et que tu pries pour une bonne vieille panne de moteur et qu'il s'écrase sur toi.

Je sais que tu m'as aimé un peu, que ça a duré une seconde ou une petite heure. Tu as changé d'avis. Bien en place sur tes appuis, prête à me balancer un truc du genre « tu t'en remettras ». Mais tu vois à Santiago il y a eu ce moment où on s'est plu tous les deux, le temps de dire « elle te va bien cette chemise » ou d'ouvrir une porte en robe de chambre ou de désespérément vouloir être assis côte à côte pour dîner, je ne sais pas exactement quand c'était, mais c'était là, je ne l'ai pas rêvé, et j'ai construit tout un possible là-dessus. Il n'est pas venu. Je n'ai pas réussi à me relever, à me tenir droit, à tenir tête à ce putain d'écart entre ce que je veux et ce à quoi j'ai droit. Tête baissée. Et toi qui t'éloignes. Tête baissée, tête baissée.

Je voudrais que la guerre me délite. Je n'aime pas ces bruits de mitraille. Je voudrais être la première victime, je voudrais que tu lises mon nom dans le journal et que tu regrettes. Je voudrais que plus tard, dans une autre vie, tu aies envie de moi et que moi non.

Damien

Mais c'est quoi leur problème à tous, à me confondre avec la standardiste du Centre de prévention du suicide de la Ville de Paris ? Entre initiés on dit CPS Paris, métro Jourdain, je connais, ça va, ils venaient me rendre visite à l'hôpital pour me convaincre que la vie était un cadeau et pour me filer des madeleines que je donnais aux chats dans le parc de l'hôpital. Les chats adorent les madeleines.

Sa lettre m'a foutu la haine, de part en part, haine transversale, complète, et je la jette direct à la flotte, côté port, histoire qu'elle pourrisse dans la crasse et le mazout, sans jamais voir le large. Déjà y a pas de guerre, pas d'obus. Ni à Paris ni ici. J'ai toujours détesté les gens qui se planquent derrière les catastrophes au conditionnel, c'est un truc de lâche, un escalier de secours, un refus de la lutte. Je préfère la tristesse triomphante, merde, le malheur simple, l'absurdité noire du plein été. Y a pas de bombes, juste un type qui perd la tête.

Il y a des lettres qu'on oublie et d'autres qui liment le bas du cœur. On verra où celle-là finit. En attendant, brume marine. Claquement des mâts. Claquement des cloches, loin, loin, onze coups. Le clapot noir et cendre, les guirlandes de lumière au-dessus du port, le goût du sel sous la langue, les bouquets de vagues contre mes tympans. Le calcaire sous mes cuisses, froid. Les fentes dans les rochers, remplies d'algues filandreuses. La peau de mon cou que je caresse dans le clair-obscur.

Je suis bien contente d'être ici, loin des fous. J'ai mon plan, cette mission qui me démange comme un tatouage tout neuf. Et puis ailleurs, qu'est-ce qu'il me reste ? Un box quelque part en banlieue nord avec des affaires. Une poignée d'amis qui m'oublient. Deux-trois villes dans lesquelles j'ai des amants. Des habitudes. Un passé en strates compactes, exprès, pour pas qu'on puisse les séparer ni les enseigner aux archéologues du futur. Des lieux qui, si j'y retournais, m'enverraient des salves de souvenirs bien sauvages, bien mauvais.

Je suis sur la minuscule esplanade du port encerclée d'oliviers ronds et gris, il n'y a presque personne, quelques affamés et solitaires qui boivent un dernier verre. Ils sont immobiles, parsemés sur les chaises en plastique du vieux bar et d'un vendeur de glaces qui à cette heure-ci ne vend que de la bière. Tranquillité sans espoir des petites villes. Ça m'embarque aussi, loin de cette lettre, loin de ceux qui se délabrent et qui pour une raison X ou Y se sentent obligés de me le dire. Je les envoie en orbite. En orbite rien ne tombe, rien ne s'élève non plus. Je choisis une table en plastique blanc sous une guirlande de lampions verts. Table de gamins. Une rafale réveille les grands pins qui surplombent le port, et les mâts des bateaux claquent un peu plus fort. *Clac*, c'est aussi le bruit du verre que le serveur pose devant moi, *clac* encore l'addition qu'il pose sous un petit plat en plastique noir. Genre, je cache le montant par souci d'élégance, j'ai envie de lui dire *t'as regardé autour de nous ? Il n'y a pas d'élégance ici, juste une solitude à te briser les cervicales.* Je me contente d'un moins polémique *grazie mille.*

Le vin italien, tiède et fort, coule dans ma gorge comme un sursaut. Je suis bien sur ma chaise en plastoc, incognito, à la cassure du monde. Fini les lettres. J'ai autre chose en tête, un truc plus grand. Allez, remplissez votre verre. Ce serait bien de pas boire toute seule pour une fois.

Évidemment je pense à la grande sœur. Je crois pas à sa mort. Je crois qu'elle est juste partie, que c'était soit ça soit tuer des gens au hasard dans la rue. Elle lisait Breton en boucle après tout. Elle s'est barrée dans la boîte en bronze. Alors je l'imagine sur la route pour toujours. Pour la princesse de Pigalle ça doit pas être trop difficile de devenir celle des aires d'autoroutes.

La mort c'est sûrement facile pour les gens qui croient au paradis, il paraît qu'il en reste. Ça l'est pas pour moi, alors ma sœur elle respire ici-bas, elle mange des glaces au citron, elle fait l'amour dans les cabines des péages, et si vous prétendez le contraire on va pas être amis.

Ils éteignent les guirlandes au-dessus des tables. Fin de soirée. L'obscurité absorbe le petit port. Un dernier voilier rentre, au moteur, tout doux, deux lampions roses à sa proue. Je voudrais que ma grande sœur soit là. Je la serrerais dans mes bras. Comme si c'était elle la cassure du monde. Je serrerais. Fort.

18 /

Avant de monter dans le taxi elle l'a serrée dans ses bras, longtemps, phalanges rabattues comme des crocs sur l'épaule de la grande sœur, fort, fort, fort. Puis elle a plongé le visage dans son cou. Comme pour y disparaître. Elle faisait toujours ça, c'était sa façon de dire au revoir à sa grande sœur. Très cinéma, très on-sait-pas-si-on-va-se-revoir-ou-pas. J'ai fait semblant d'avoir quelque chose à vérifier dans mes poches tandis qu'elle serrait encore. Fort.

On allait rejoindre l'océan par le train de 17 h 36.

Dans le train, elle dit *dans un monde bien foutu t'aurais le droit de me faire un café dans le wagon-bar et de me l'apporter*. Elle ajoute *ton café-charbon, là* et ça pourrait être vexant, mais pas dans sa bouche à elle. Je sais qu'elle a appris à l'aimer, mon café. Le train file. C'est léger, ça berce, ça sursaute, tube d'alu sombre perçant avec paresse les paysages plats et humides. Elle dort, en boule. La tête sur mes genoux. Ses cheveux sentent la cigarette. Mes mains aussi. Je la caresse. Je me demande à quoi ressemble cette bicoque que son ami nous prête. Je la regarde dormir. Elle sourit discrètement, un sourire par effraction. Absente, réjouie. Je suis jaloux. Je me demande de qui elle rêve. Et d'une façon générale qui rêve qui, au juste ?

L'odeur de l'océan nous prend par surprise. La nuit, vendredi soir, on laisse la gare derrière nous, amas de lumières orange, comme un bourgeon sale lié à Paris par la tige maladroite du chemin de fer.

La ville ne ressemble à rien que je connais. Il faut dire que je me méfie des campagnes, de la France moche en bordure des nationales, et puis j'ai peur des gens qui ont peur de Paris. Je ne fais confiance qu'à celui qui trime pour survivre et payer un loyer de forcené. Je suis fait de ce bois. Derrière nous, la gare est avalée par la nuit. Même si je le voulais, je ne pourrais plus rentrer, ça m'excite et me terrifie aussi.

On fait l'amour en arrivant. Ensuite je fais le tour de la maison. Alors, c'est ça, une bicoque. Les portes font un vacarme terrible quand on les ouvre. Elles ont gonflé pendant l'hiver, il paraît. Il y a des petits pendules accrochés aux volets, ça aussi ça fait du bruit. Le carrelage craque. Les robinets sifflent quand on les ouvre. Les grillons dehors s'en donnent à cœur joie. Je ne sais pas de quoi les gens parlent quand ils disent que la campagne, c'est calme. Ça fait beaucoup plus de bruit que la rue Caulaincourt en dessous de mon appartement. Moi je crois que cette histoire, c'est de la fraude. On s'ennuie à la campagne. Alors fatalement on a l'impression que tout est lourd et long. Les sons, par solidarité, empruntent la même fréquence. En trémolo. Pas de relief auditif. T'as l'impression que c'est calme. Faut se méfier des impressions.

Je ne peux pas dormir. J'entends un animal qui court sur le toit. J'entends le vent perforer les lattes de la bicoque. Ça fuse. C'est chaud et ça vient de loin, des Amériques si ça se trouve. Je repense à l'idée née dans le train. En écho dans la boîte crânienne. La fille qui s'endort toute nue près de moi, avec ses petits soubresauts de début de sommeil, la fille que j'aime, elle dit que toutes nos affaires sentimentales se finissent en bains de sang, qu'on est tous perdus et bileux à la fin. Que tout part en vrille à un moment ou à un autre. C'est inévitable, c'est une affaire d'entropie. Les histoires de cœur viennent s'éclater contre le bouclier du temps qui passe, comme les manifs contre le bouclier des flics. Et pourtant. Si on avait le droit de rêver une vie entière, une vie qu'on choisirait cette fois, on aurait une autre chance, non ? Même furtive, même à la brisure du réel, même fracassée par sa propre démence, une chance reste une chance. On peut dire à l'entropie d'aller se faire foutre. On peut être quelqu'un de différent, quelqu'un qui utilise les expressions *Gros-Jean comme devant* ou *à brûle-pourpoint*, quelqu'un qui cuisine mieux, quelqu'un qui fait l'amour plus longtemps. OK, OK, on s'en va, on meurt, mais on devient un autre en le rêvant de part en part, en le transperçant de sa naissance à sa mort. Alors ? Alors haut les cœurs ! Il ne faut plus avoir peur du désespoir, parce qu'il y a là-dedans de quoi puiser toute l'inspiration du monde d'après, les mains dans la terre, les jambes dans le fioul et en avant ! On s'en fout si cette vie est à vomir, on prend des leçons, on envoie tout valdinguer et on fait mieux la prochaine fois, un truc à nous. Je veux la réveiller pour lui dire. Mais elle est si paisible, c'est tellement rare. Je bouge trop dans le lit, je me lève, je vais faire le tour du pâté de maisons. J'en suis sûr maintenant. Ça explique plein de trucs. Les souvenirs de choses que l'on n'a pas vécues, les intuitions folles, les talents cachés, et puis cette espèce de volonté de vivre qui persiste pour aucune raison valable, comme s'il y avait quelque chose au bout, un deuxième tour de piste.

Je me sens désespéré puis affranchi. Je me glisse dans le lit. Elle se réfugie dans mes bras. Son corps est chaud, limite fiévreux. Je sens son sexe contre ma hanche. Son pied qui vient se bloquer entre mes genoux. Son bras qui passe derrière mon dos. Elle murmure qu'elle veut voir l'océan. Demain, tôt, vite. Je dis *bien sûr*. Ça fait longtemps que je n'ai pas nagé. Elle serre ma main, fort, comme l'épaule de la sœur tout à l'heure. Avec elle on ne sait jamais si elle est heureuse ou effrayée. J'ai fini par croire qu'elle était les deux à la fois, tout le temps.

On ne se lève pas tôt du tout. Je prépare le café. Charbon, charbon. Elle le boit à toute vitesse en feuilletant un magazine aux couleurs bleuies par le soleil. C'est un magazine féminin qui lui explique que pour être une femme épanouie il faut passer une après-midi au spa, bruncher sans faute le dimanche, presser des smoothies et se procurer sans plus tarder le sac incontournable de la saison. Elle dit que c'est une vision discutable de l'épanouissement, surtout le sac.

– Quand même, j'aimerais bien faire partie de cette espèce.

– Quelle espèce ?

– Les filles qui nagent dans la béatitude la plus totale parce qu'elles possèdent un robot mixeur.

– Et un sac ?

– Ah oui, le sac.

Dehors des bourrasques transforment les grands peupliers en allumettes. Le vent a nettoyé l'air et le ciel est bleu, presque foncé. Les nuages ont démissionné. Début d'été.

Je lui parle de mon idée tout le temps, au marché, en rentrant, en cuisinant. Et sur le chemin de la plage. Je respire en grand, mais ce n'est pas l'air du large, c'est le futur qui se distend. Je vais la sauver, cette fille.

– Je vais te sauver. Je vais te sauver, t'entends ! Et me sauver avec au passage.

– T'es beau quand tu t'excites. Sauver de quoi au juste ?

– De tout.

– … Du sable dans les chaussures ?

Elle enlève ses espadrilles, les tapote en les tenant à l'envers. Le sable s'écoule avec un son cristallin.

– Aussi ! Et puis des repas ratés, des soirées gâchées. De la tristesse tout entière, toi qui en as à revendre.

– Alors c'est ça, pour toi, la sortie en fanfare ? Un bon gros rêve.

– Oui. Cette vie tu ne l'as pas choisie. Elle est manufacturée par celui qui te rêve, maladroitement a priori. Mais la prochaine session c'est la tienne. Haut les cœurs !

Elle me prend la main.

– C'est une idée qui guérit.

– C'est les meilleures idées, ça.

– Les meilleures.

– Je te le promets, ce n'est pas une fausse bonne idée.

– Genre les becs verseurs ? Se lancer dans le tourisme spatial quand tout le monde crève la dalle ? Envoyer des photos de ses enfants ?

Elle lâche ma main, s'attache les cheveux.

– Je t'aime.

– Moi plus que toi. Pauvre fou.

La route vers la plage est une sorte de chemin de sable gris qui a l'air de couper le paysage en deux. À gauche, des maisons comme la nôtre, tremblant sous le vent. À droite, une succession d'immeubles récents de taille moyenne, peints en saumon ou jaune pâle, balafrés de larges balcons et portant des noms débiles du style *Calanques d'argent* ou *Perle du littoral*. Je déteste les immeubles des petites villes, même pas laids, juste déprimants. Si je dois rêver quelqu'un à la fin de cette vie, tout ce que j'espère c'est qu'il ne vit pas là, à la *Perle du littoral*.

Elle porte quelques secondes le flacon d'alcool de menthe sous son nez. On avance. Maisons à gauche, immeubles à droite, sable gris sous les pieds. Une rafale de vent envoie un moucheron directement sous ma paupière. Son agonie grésille contre ma cornée quelques secondes. Ça me fait mal mais je le cache. Je veux pas avoir l'air de quelqu'un qui flanche devant un insecte. Je lui demande si elle y croit aussi, à mon idée d'un grand songe qui nous sauvera, et elle dit *j'y crois un peu plus à chaque fois que tu m'en parles, comme si t'avais ouvert une vanne cachée quelque part*.

Dernière dune avant la plage, que l'on franchit grâce à un grand chemin de tasseaux de bois, en ligne droite, avec une petite corde sur le côté pour les plus fébriles. Je lui promets qu'*on avancera comme ça, maintenant, tout droit, et toi tu iras mieux, toujours*. Elle se serre contre moi. On tombera encore plus amoureux, si jamais c'est possible. Peut-être que toute cette buée chaude, ces avenirs sans pudeur, les songes faits pour sauver celle qu'on aime, c'est ça la grande romance, et le moindre jour passé l'un sans l'autre nous percera la gorge. On sera bien. On préfèrera sauter le dos en avant sur les palissades plutôt que de se dire *à bientôt*.

19 /

Je vais nager. On a mis les pieds dans l'eau, elle l'a trouvée froide, elle est retournée lire son livre, *La Violence du calme*, tout un programme. Je sécurise ma serviette avec deux gros galets clairs. Les rafales nous envoient des poignées de sable au visage. Elle lève la tête. Elle me regarde et sourit. Elle dit qu'elle me trouve beau. Ensuite il y a un petit silence, et je réponds *je ne savais pas*. Ça la fait rire. *Je vais nager.*

C'était un peu pour frimer. Je ne suis plus trop certain de vouloir y aller, dans cet océan, un peu doré, un peu noir. J'attendais de voir ce qu'elle dirait. Elle ne dit rien. J'avance, l'océan est loin, comme derrière l'horizon. Je passe près d'une petite tour en bois blanc où un maître-nageur est posté. Il regarde son téléphone portable. Il n'y a pas foule sur la plage, il s'ennuie. L'assourdissante valse des vagues s'étire devant nous. C'est difficile de penser à autre chose. Je comprends ceux qui face à un tel spectacle se mettent en boule et supplient de rester sur la terre ferme, parce que c'est quand même quelque chose, l'océan. Quand j'étais petit, mon père m'a appris à nager en me lançant dans les piscines. Il disait *il faut que ça fasse peur, fais pas ta chochotte* et moi je faisais les gestes que j'avais vus dans des films ou des dessins animés, j'avalais beaucoup d'eau et tout le chlore avec, et lui il finissait sa bière en disant que j'étais peut-être une fille à pleurnicher autant, qu'il faudrait vérifier.

Le sable est clair, presque blanc. Après ma nage je la rejoindrai et ensemble on remplira une bouteille de ce sable-là, et on l'enverra à mon père pour lui prouver que maintenant je nage, et dans le grand bassin.

Personne ne pourra dire que je suis une fille, personne ne me lancera dans des piscines. On ne lance pas dans les piscines les garçons qui ont une petite amie, surtout pas une petite amie aussi jolie.

Il y a une méduse échouée. Grosse masse claire, comme de la pâte de fruits. Un gamin lui donne des coups de bâton. À mes pieds quelques os de seiche qui ne craquent pas, même quand je marche dessus. J'évolue dans quelques centimètres d'eau. Il y a de la mousse partout, qui s'accroche à mes chevilles. Le gamin crie. La méduse a été poussée par une vague sur ses pieds et il crie, et son père vient le chercher.

Jusqu'aux genoux ce n'est pas encore vraiment l'océan, on peut encore prétendre que c'est une grosse fontaine. Une fois que l'eau atteint mon abdomen je me rends compte que, vraiment, *je vais nager*. Je ne nage pas très bien, ça va, je sais nager, mais ce n'est pas comme si j'allais faire des longueurs à la piscine le matin avant le boulot. Le sport, d'une manière générale, m'a toujours semblé être un domaine réservé aux brutes. Tu ne peux pas tout faire, la vie est courte, soit tu t'éduques soit tu fais le beau à la salle de gym. Je peux me tromper. J'ai fait erreur souvent. Par exemple j'ai cru que j'aimais les garçons, longtemps, en fait j'aime les filles. Pas toutes. Elle.

L'eau est tiède. Et encore plus sombre que ce que j'imaginais. On dirait un bouillon laissé trop longtemps dans la casserole. J'attends qu'une vague un peu plus grande approche, je plonge sous le tube, c'est lisse et rassurant. Le goût d'iode pénètre par tous mes pores. J'en ressors revigoré et je me retourne. Au loin sur la plage, minuscule, sa silhouette forme une sorte de losange, son sexe tourné vers la mer. Les gens qui lisent sur la plage, allongés, jambes pliées, ont toujours l'air bizarre vus de la mer. Ce n'est pas un fait qui changera le cours de l'Histoire, mais c'est toujours vrai. Il y a beaucoup de choses comme ça, insignifiantes et vraies.

Elle se relève à l'instant où je la regarde, elle me cherche. Je lui fais signe. Une vague me renverse. Je lui fais signe à nouveau. Elle me répond d'un geste brusque. Est-ce qu'elle aimerait lire tranquille ? Est-ce que je l'importune, même à distance ? Est-ce qu'elle aimerait me quitter là ? Comme ça, à coups de cris lancés au-dessus de l'écume ? Le bruit des vagues rendrait la séparation plus douce, presque consolante. On devrait peut-être toujours se quitter dans l'océan.

Elle doit se demander pourquoi je vais nager dans un océan déchaîné et mousseux. Je fais des choses qu'elle ne comprend pas, nager dans un océan sale en fait partie. Quand elle raconte ces choses à ses amis autour d'un verre, tout le monde rit, projetés dans son monde à elle. Face à sa beauté et ses mots qui tailladent, rien ne résiste. L'océan lèverait le drapeau blanc lui aussi.

Mon pied touche quelque chose plus mou que le sable, puis très dur. J'espère que ce n'est pas une méduse, ou un truc pire que ça. Je me retourne. Elle s'est replongée dans son livre. Je n'ai plus pied, c'est arrivé sans que je m'en rende compte, entre deux vagues, je n'ai plus senti le sol, voilà. Les vagues sont plus fortes à présent. Je m'amuse à rouler sous elles, puis entre deux rouleaux je me laisse porter par l'eau. Ou par le sel ? Je ne sais pas. Je me sens bien. À une centaine de mètres à ma droite, un surfeur glisse hors de ma vue. Tandis que je le regarde s'éloigner, une vague me percute le flanc et me déchire le tympan.

C'est à cause du sifflement que je comprends. L'oreille droite continue à tout enregistrer – les cris des mouettes, le murmure terrible des vagues, le râle des rafales. L'oreille gauche, elle, siffle. Mais pas comme après un concert ou avant de s'évanouir. Non. Un sifflement comme une sirène à incendie. Puis la douleur s'éveille, deux ou trois secondes plus tard. Je sens mon visage qui se crispe et se froisse comme du papier cadeau.

Mon premier réflexe est de continuer à nager. C'est certain, l'eau va nettoyer tout ça, retour à zéro. Il faut faire comme si de rien n'était. Les choses ne peuvent pas aller si mal que ça, on ne peut pas se percer un tympan comme ça, frappé en train d'admirer un surfeur. Je nage plus loin. Les vagues ici sont encore en formation, grosses masses ovales qui me font danser.

Mon pied commence à me faire mal. Pas vraiment une brûlure. Plutôt comme une anesthésie. Comme s'il n'était plus là. Je continue de nager. Alors il doit être encore là. Je repense à quelques minutes plus tôt, à ce truc étrange que j'ai touché. *Plus mou que le sable, puis très dur*. Merde. J'ai marché sur une vive peut-être. Je ne sais pas. Il faut continuer à jouer. Faut faire comme si de rien n'était, et dire au corps de ne pas se laisser aller. Un bon point pour la persévérance.

Je ne vois plus la plage. Je ne la vois plus. Est-ce qu'elle me cherche ? Je suis cerné par les vagues. De l'écume s'en échappe, fumée blanche et parfaite. Est-ce qu'on a déjà peint des vagues vues de derrière ? Il faudrait. Vite. On n'a plus beaucoup de temps.

De retour sur la terre ferme je me mettrai à peindre les vagues vues de derrière, je ferai ça pendant des années, jusqu'à ce qu'on me donne une galerie, un musée, un monde entier à remplir de dos de vagues, paisibles, cambrés, doux et soyeux. La paix, ça n'existe pas vraiment, mais à regarder ces grosses masses d'eau on se met à y croire.

Une vague violente me plaque au sol, me soulève, me fait rouler contre le sable. Je suis étonné de sentir le sable à nouveau. Je me surprends à en attraper une poignée. C'est pour lui ramener, à elle sur la plage. Je le poserai près de son livre.

Il me faut bien dix secondes pour rejoindre la surface, après avoir été roulé contre le sable, puis soulevé par le courant. Pauvre petite paille morte, légère, insignifiante. J'ai la tête qui tourne. Manque d'oxygène ou trop-plein de pensées ou les deux. Le temps viendra bien où je penserai moins.

Je cherche le surfeur dans l'espoir de lui faire signe, une main levée vers le ciel qui lui demanderait, fière mais battue, de me ramener sur le rivage. Il n'est plus là. Tout ce que je sens c'est une eau plus froide, sous les genoux, une eau qui me tire vers le large et avec moi la mousse et le sable et des touffes d'algues jaunes emmêlées comme des câbles électriques. J'entends comme un son de batterie, caisse claire, cymbale, caisse claire. Plus loin, puis tout proche. Caisse claire, cymbale, caisse claire. De plus en plus vite. Une musique comme du bruit, une musique de fond de squat. Et pourtant l'eau. Il y a l'eau, toujours plus froide sous les genoux. Je regarde au-dessus de moi. Un hélicoptère. Grosse bête grise et rouge dont les hélices braillent *caisse claire, cymbale, caisse claire.* Je lui fais signe entre deux mouvements pour me maintenir à flot, mais il file vers la côte, un peu penché. On sait que ça va mal quand on fait des signes aux hélicoptères, et encore plus mal quand ils n'y répondent pas.

Je ne sens toujours pas mon pied. À la place c'est comme une pierre creuse, et je peine à rester à la surface. Pauvre petite paille. Je me tourne vers le large. Je n'aime pas ce que je vois. Pas du tout. Ce n'est d'abord qu'une grande ligne blanche. Je suis loin, j'ai passé la barrière de vagues depuis longtemps, et pourtant, et pourtant. Et pourtant il y a cette barre qui approche en tremblant et en se régénérant et en se mangeant elle-même. Je la distingue à présent, cette série de vagues trois fois plus grandes, trois fois plus espacées les unes des autres, et qui éclatent bien plus loin de la plage, impatientes d'en découdre avec le monde, et je veux retourner sur le rivage et je jette mes bras en arrière, mais il y a ce courant froid, juste en dessous de moi et qui tire, qui tire et qui m'emmène dire bonjour à cette prétentieuse masse d'écume et de bruit.

L'océan s'amuse de la petitesse de mon corps et de ma tentative ridicule de nager à contre courant. La ligne blanche grossit et dévale horizontalement à toute vitesse, complètement indépendante de toute force et toute matière, elle lacère le paysage et chasse tous les bruits d'un coup. Comme pour dire *le chaos c'est moi.*

Ici l'océan est bleu foncé, beau et terrible. La mousse et la vase sableuse sont loin derrière, quelque part où on voit encore sa petite amie sur la plage, quelque part où on pense à ce qu'on va faire ce soir, quelque part où on a pied.

Tant qu'à faire, il faut que j'offre à la vague mon tympan déjà fracassé, pas celui qui marche, il faut en garder un qui marche, il le faut. La vague est presque là, je n'entends plus rien d'autre qu'elle, comme une amante trop présente, et l'océan me traîne vers elle. Je me positionne de trois quarts dos, très technique, *damage control,* je désigne le tympan mort et l'épaule gauche comme victimes prioritaires du désastre. La vague est presque là, presque là, puis elle est là. Elle me frappe comme une autoroute.

20 /

Noir. Tout est noir.

Je ne sais pas combien de temps j'ai perdu connaissance mais la reprise arrive d'un coup sec. Il faut remonter. Maintenant. Mais c'est où, en haut ?

Je voudrais tout réparer. On ne s'est pas assez caressés, on ne s'est pas assez dit de belles choses. Il paraît qu'on a récemment inventé une couleur plus sombre que le noir, plus intense, ça doit être ça, la teinte sous la vague, le grand fond marin, le toujours-plus-sombre. Tout est noir.

Et puis tout à coup la surface, qui vue d'en dessous est comme un nuage d'orage en accéléré. De gros ovales mauves et bleus qui dansent et je n'ai jamais été aussi heureux de voir un bordel pareil. Faites du bruit les nuages, faites du bruit les écumes vagabondes, faites du bruit les hélicoptères, j'arrive.

La première gorgée d'air. Les poumons qui s'ouvrent en claquant. L'eau qui crépite autour de moi, des millions de petites gouttes qui sautent partout, tout est mousse, une mousse claire, rassurante. Je ne vois rien d'autre. Deuxième gorgée d'air, les poumons froissés, trop serrés par la cage thoracique. Quelque chose hurle, ah oui, l'oreille qui siffle. Un grondement à gauche. Troisième gorgée d'air, l'envie de vomir, quatrième gorgée d'air, très vite, le grondement qui grandit, grandit, je refuse de regarder, cinquième gorgée d'air, sixième gorgée d'air et la nausée toujours plus forte et je me retourne enfin et une vague colossale me percute en plein visage.

Roule, roule, plus profond, sens le sable sur ta peau, pas tranquille comme sur la plage mais bien cassant, fond de mer malveillant, urne mortuaire triomphante. Je voudrais que ça cesse. Le sifflement, les poumons qui cherchent à expulser l'eau de mer, mais expulser vers où, comment et puis pourquoi ? Je suis prêt, j'ai compris, vas-y, l'océan, envoie-moi rêver pour de bon. Parce que j'y repense plein gaz, à ma grande idée, on n'en a qu'une par vie. Ah ! Elle est là la sortie, l'escalier de secours au bout de l'océan, la fin des cons, c'est le rêve qui, au creux du dernier râle, va commencer.

Je n'entends plus le sifflement. Même plus les vagues. Mais il n'y a plus de crainte. Je sais. Chaque homme en rêve un autre, on se rêve puis on se réveille, et l'humanité c'est ça, une grosse pelote de songes. Alors ce n'est pas grave de se noyer. Je ne suis qu'un fil de laine. Le rêve de quelqu'un. À mon tour de rêver un autre, et tant pis si c'est plus tôt que prévu. J'espère que c'est une femme qui me rêve. Qu'elle s'est endormie il y a trente-trois ans, et que depuis son lit à Paris, sous les toits, un peu frais l'automne, un peu chaud le printemps, elle tourne et tourne dans ce lit où elle me rêve, moi.

Roule, roule, et le sable qui s'invite dans ma bouche. Sans goût. Combien de fois je roule sur moi-même, petite planète molle, idiote, ignorée des télescopes ? Aujourd'hui la femme sous les toits se réveillera, elle m'aura rêvé jusqu'au bout, depuis cette petite enfance presque supportable, tout le long, tout le long. Elle aura rêvé mes premiers amours adolescents. Faire l'amour dans la voiture faute d'endroit plus propice, et puis subir l'ennui de l'éducation, quitter le lycée à dix-huit heures en ayant la certitude d'avoir gâché sa journée, elle aura rêvé tout ça. Elle aura rêvé mes grands-parents qui meurent l'un après l'autre et la douce escorte de la tristesse. Elle aura rêvé cette existence avec quelques pleins et beaucoup de vides. Mais elle m'aura accordé le grand amour. Un an. Il faut croire que ça suffit.

Je me demande qui je rêverai à mon tour, et si contrairement à moi c'est un destin qui en vaudra la peine. Je voudrais rêver un prince ou un roi, quelqu'un qui compte beaucoup et en même temps pas du tout. Je lui inventerais une vie comme ils aiment ces gens-là, avec des réceptions et des cérémonies et des voyages qui ne servent à rien mais dont les journaux parlent quand même. Il ne connaîtrait jamais la solitude dans la ville le soir, les sauts de bar en bar, les amours sales et les problèmes d'argent. Il serait bien, tranquille, à la périphérie de la vraie vie, bien gras, bien ignorant, sans les sauts de bar en bar, sans les poches trouées, sans les sacs de linge à porter, sans le métro.

Sable dans la bouche, eau partout. Un instant je vois l'écume et la surface, et puis à nouveau l'océan joue, joue et me ramène en son sein. Sous les toits, la femme s'agite, transpire un peu. Personne n'est auprès d'elle. Les pigeons sur la gouttière ne l'entendent pas et continuent à se faire la cour. Les gouttes tièdes glissent derrière ses oreilles. Tièdes comme l'océan qui m'avale et m'envoie rêver à mon tour. Est-ce qu'on peut arrêter là ? Est-ce que je peux rêver mon prince stupide ? Ou est-ce qu'on m'impose la personne que je rêve ? Dois-je rêver une femme battue ou un homme assassiné à coup de machette ? Ce ne serait que justice de ne pas pouvoir éviter le pire, puisque dans la vie on ne choisit pas, le pire arrive, il est là, et voilà. L'eau est plus froide encore, ou c'est juste moi qui faiblis. J'aimerais qu'on me touche une dernière fois.

Est-ce que j'ai le droit de rêver la jeune fille sous les toits à mon tour, pour la remercier de cette vie pas trop pourrie ? Est-ce que je peux au moins rêver le pigeon sur le rebord de sa fenêtre ? À moins que je ne mérite rien de joli, parce que je n'ai pas donné assez d'amour, pas assez pris de gens dans mes bras et pas assez touché du bois quand je parlais de malheurs en puissance. Peut-être puis-je à peine rêver la méduse morte sur la plage.

Sable dans la bouche, sifflement qui reprend, part, reprend plus fort encore. Sable dans la gorge. Tousser. Tousser au fond de l'eau, gaspiller le peu d'air qui me reste. Plaqué contre le fond, rouler peut-être vers le rivage, peut-être vers le large. On ne saura pas. On me retrouvera flottant à six cents mètres du bord. Corps gonflé et bleu. La femme sous les toits se réveillera dans un lit trempé. Un peu salé.

Pour moi c'est fini. Je pense à celle que j'aime. J'espère qu'elle ira bien, qu'elle verra du pays, qu'elle se mariera deux ou trois fois. J'espère qu'un jour elle partira loin de la ville, un lieu qui lui brisera moins le cou. Le désert, la montagne, le rebord d'un glacier. Le sud.

Il n'y a pas de souffrance. Seulement l'air qui manque, l'esprit qui devient liquide. Je suis l'océan. Je ne veux plus rêver personne, devenir l'océan, et pour toujours avoir vue sur le ciel.

Sable dans la bouche, sable dans la gorge, sable autour du cœur, et l'eau, lourde, lourde, lourde. Femme sous les toits, réveille-toi, et ne change pas les draps, ils sont aussi un peu à moi. S'ils sont salés, c'est normal. Prends des forces, pas pour le monde, mais pour le prochain rêve. Bois de l'eau, prends des cachets de vitamines, du magnésium, du café. Ouvre les yeux aussi longtemps que tu le peux. Tu ne réalises pas la chance que tu as, cette chance de pouvoir ouvrir la fenêtre, regarder l'avenue détrempée en bas, écouter les klaxons, et cracher sur Paris la poignée de sable que tu as dans la bouche.

21 /

Si ça c'est pas de l'amour. Je suis venue ici pour la mettre en pratique, la belle trouvaille de mon homme, sa grande œuvre quoi. Je suis venue claquer ma vie comme un dernier salaire, en gros billets sur la table, la rage au ventre et les yeux cramés. Je suis venue m'endormir une dernière fois. Il a dit *faut être au calme, faut avoir fait la paix avec soi-même*, eh bien voilà, on fait pas plus calme qu'ici, pas plus en paix qu'au fond de ma misère.

Il avait toujours raison. Avec cette idée en tête, tout vaut le coup, même si ça tabasse bien. Je suis prête à rêver la vie d'après, bien calée dans les instincts braques de mon mec. J'ai l'habitude de mettre en forme les élucubrations des autres, je l'ai fait pendant des mois, entre deux voyages et deux observations des petits vieux affalés à la terrasse de L'Escale. D'ailleurs resservez-vous un verre. Je vous accompagne. Je dis pas que je suis un exemple, mais je dis que mon mec il a compris un truc que tous les grands penseurs ont loupé, faute d'avoir une petite amie triste à consoler, faute d'alcool ou de désespoir.

La preuve qu'on l'a un peu inspiré, ma tristesse et moi : ça l'avait pris dans le train pendant que je dormais, ma tête sur ses genoux.

Ma tête, pas la tête d'une autre, pas la tête d'une ex, pas la tête de la voisine. Quand il m'en a parlé pour la première fois, je me suis moquée de lui. Mais il en démordait pas. J'avais enregistré une de nos discussions avec mon téléphone. Une habitude tenace, on collectait des heures et des heures de nos voix qui divaguaient, un joli bordel. Dans un monde saturé d'images insignifiantes on préférait conserver les voix. Je n'ai aucune photo de lui.

Je lui avais fait écouter l'enregistrement avant d'aller à la plage, il avait dit *ce n'est pas encore tout à fait au point comme théorie mais j'y suis presque. Ça te sauvera la vie, cette idée. Tu verras.*

– Donc, imaginons que moi je rêve, je sais pas… un libraire à Tunis. Je suis responsable de quoi, dans sa vie ?

– Rien.

– Rien ?

– Non, toi tu rêves tout sauf ses décisions. Tu n'es pas responsable à sa place.

– Ah. Donc je sers à quoi ?

– T'es essentielle. Disons que t'es le catalyseur. Tu poses la base de son fonctionnement, à ce mec, la base de son existence : le quartier de Tunis dans lequel il est né, sa morphologie, son système immunitaire, ses goûts, la couleur de ses yeux, et puis sa famille, son ADN quoi. Ensuite il prend ses décisions lui-même comme un grand, dans son Tunis, mais à l'intérieur de ton rêve. Le truc, c'est que toi tu décides aussi de ce qui se passe autour de lui. La météo. La prochaine invasion de criquets, le prochain orage, les prochaines manifs. Les accidents de circulation dans sa rue. Les femmes qui vont croiser sa route. Les livres qu'il lit. Mais tu ne peux pas savoir comment il va réagir. Tu ne sais pas de quelle fille il va tomber amoureux, ça sera peut-être une grande amie, peut-être une fille qui rentre au hasard dans sa boutique. Tu ne sais pas s'il détestera les enfants, ou s'il en voudra plein, une fille, quatre garçons. Et tout est comme ça. Tu piges ?

– La Cité des Livres.

– Quoi ?

– Si c'était ma librairie, je l'appellerais La Cité des Livres. Et je ferais des étagères du sol au plafond, comme des gratte-ciels. Il y aurait des échelles en bois pour aller trouver les livres interdits. Ce serait le bordel, et le nirvana aussi. Comme une grande ville.

– Voilà. Construis-la, ta Cité des Livres. Mais pas pour toi. Pour lui.

– En fait c'est un peu comme un jeu vidéo, ton truc. On invente une plateforme et après les gens en font ce qu'ils veulent.

– Oui c'est un peu ça. Mais avec cent fois plus de liberté. Aucun but n'est fixé à l'avance, si ton libraire veut une vie de chaos et d'outrances il peut l'avoir, s'il veut être sage il le sera. Alors que dans un jeu vidéo, tu as un objectif et des paliers préétablis. Dans le rêve comme dans la vie, tu existes, c'est tout ce que tu sais, après tu en fais ce que tu veux.

– C'est une pub pour l'existentialisme, ton truc.

– Un peu. Mais l'existentialisme c'est très bien, ça rend les gens légers et en même temps très sévères avec eux-mêmes. Non ?

– Oui. C'est sexy, aussi. C'est le sujet parfait pour un rencard, ça rend toutes les fins de nuits plausibles.

– Noté. Je le tenterai à notre prochaine sortie.

– En attendant, tu penses être le rêve de qui ?

– Je ne peux pas savoir. Il y a sûrement des indices cachés dans les trucs qui m'arrivent. Mais je n'ai pas réussi à les lire. C'est crypté.

– Je voudrais pas être rêvée par un garçon, ils sont vraiment trop cons.

– Tu ne l'es probablement pas. Il y a cette révolte chez toi qui crie *femme!* et qui ne pourrait pas crier le contraire. Mais moi, par exemple, ça ne m'étonnerait pas que je sois rêvé par une fille.

– Tu reconnais la route, là ?

– Ouais. On tourne à gauche à la prochaine. Après l'immeuble verdâtre, là, qui doit avoir un nom atroce du genre *Terrasses d'Azur*.

– OK. En tout cas je sais pas qui me rêve, mais aujourd'hui s'il pouvait y avoir moins de vent ce serait sympa. Ça hurle.

– Ça l'arrange peut-être qu'il y ait du vent aujourd'hui.

– Il y a un vent qui rend fou, non ?

– Oui mais c'est plus au sud. L'autan.

– Et ça se déclenche comment ?

– Le vent ?

– Le rêve ! Je m'y mettrai quand ?

– À rêver la vie prochaine ?

– Ouais.

– Quand t'auras fait la paix. Quand t'auras trouvé la fameuse énergie du désespoir. Quand tu comprendras que ce monde est tellement nul que tu ne peux pas le réparer, alors tu lâches prise et tu en construis un autre.

– J'aime bien, ça. C'est sûr que celui-là il est bien foiré.

– Ce monde est fini. On perd et on le sait. Donc ce qui te reste c'est l'énergie du désespoir, mais c'est un truc fabuleux ! C'est un détachement, c'est puissant, c'est sublime comme un appel au désordre.

– T'es sûr que tu veux pas que je t'aide à porter au moins un sac ?

– Non t'inquiète pas, c'est pas lourd.

– Attends, attends. Ils sont où ?

– Qui ?

– Les gens qui nous rêvent ? Si on pouvait dormir trente, soixante ans pour rêver la vie d'un autre, ça se saurait, non ?

– Je vois trois options.

– Je crains le pire.

– La première vient de notre ignorance géographique totale. Aucun homme au monde n'a vu plus de, disons, trois pour cent de la surface terrestre, et encore je ne compte pas les océans. Donc il pourrait y avoir une gigantesque usine à rêves en sous-sol dans le désert de Gobi ou dans le Sahara mauritanien, on ne le saurait pas.

– N'importe quoi.

– La deuxième, c'est qu'à un moment donné la Terre est passée près d'un trou noir et a profité d'une sorte de courbure de l'espace-temps pour créer une seconde Terre, qui rêve la première, et en est une sorte de source causale permanente, si tu veux. Quand on s'endort pour de bon pour rêver quelqu'un d'autre, on passe de l'autre côté. C'est un truc de physique quantique, c'est chaud à expliquer mais rien n'empêche de voir le temps et l'espace comme des données flexibles. Créatrices. En tout cas pas du tout linéaires. T'enregistres toujours ?

– Oui mais je vais arrêter là, hein. Je veux pas que mon téléphone se casse sous le poids de ta seconde Terre, là.

– Non, non, attends. J'ai gardé la plus plausible pour la fin.

– Je t'écoute.

– La troisième piste, donc, c'est que seules quelques personnes parviennent à cette énergie du désespoir. Celles qui disparaissent, qui partent, qui se tuent, qui se battent, mais qui se battent vraiment quoi, contre le système entier. Il y aurait donc beaucoup moins de vies rêvées, et donc de mondes, que d'individus. La plupart des individus seraient juste des sortes de figurants, pour lesquels on n'invente pas de monde particulier. Quand on regarde autour de nous et qu'on voit le nombre de citoyens qui ne font strictement rien d'autre que de suivre les schémas bien plan-plan sans déborder, et pire encore, qui aident les puissants sans qu'on le leur demande, c'est pas trop difficile à croire.

– Pas faux.

– Garde-la, cette conversation. Ça peut servir de base de réflexion si jamais il m'arrivait quelque chose.

Évidemment je l'ai gardée, mais je l'écoute presque jamais, elle fait trop mal. Même ici. Et je l'attends toujours, l'autan, le vent qui rend fou, même s'il vient pas jusqu'en Italie. Je sais pas qui me rêve, mais c'est des cartes cheloues qu'elle a mis dans mes mains. Alors à mon tour de me barrer, de rêver une librairie immense pour que quelqu'un y tombe amoureux. Tunis, plein soleil, et l'ombre fraîche d'une librairie pour sauver les âmes de toutes les peines qui existent, et de celles qui n'existent pas aussi. La Cité des Livres. Jusqu'en haut, jusqu'à trop haut, les livres. Et haut les cœurs, merde !

C'est la fin d'après-midi. Un enfant fait inlassablement rebondir un ballon contre le mur d'une des maisons anciennes de la place en contrebas. Ses coups de pied et les rebonds sur la pierre inégale donnent naissance à une sorte de rythmique démantibulée, en Dolby Surround avec l'écho. Je me suis calée sur le balcon, assommée par le mouvement qui se répète à l'infini. Les enfants sont chiants. Il fait terriblement chaud. Les boîtes aux lettres, devant les portes, débordent de prospectus. Sauf la mienne. Je ne recevrai plus jamais de lettre. C'est quoi son problème à ce mec, de me coller comme ça, de m'envoyer une lettre comme si on était fiancés, de venir jusqu'ici en croyant me séduire. Il pensait que j'allais lui faire des yeux de biche et enlever mon pantalon ? J'ai des deuils à clôturer ici, et une bonne grosse mission, et lui il m'envoie sa souffrance à la gueule en me disant d'avaler. Ta souffrance en papier, tu peux te la garder et en faire des origamis, merde.

Maintenant que j'ai raconté mon histoire, angles pas polis, couleurs qui crachent, désolée pour les gros mots au fait, je vais me calmer. Je vais acheter à boire, je me dis qu'avant le grand sommeil il faut que je boive tout ce que j'aime, voilà, boire et puis me domestiquer, me parler comme on parle à un dément armé, *calme, calme, tout doux*. Mon mec il l'avait dit, la clé c'est de faire la paix. Oublier, quoi. Venir en Ligurie a forcé les gonds de l'oubli, mais l'oubli c'est pas tout. Il reste une douleur sourde, vagabonde.

Dans une minuscule rue piétonne, des grands-mères ont installé des chaises en bois et discutent. L'une d'elles me lance un *buongiorno* que je renvoie en espérant placer l'accent sur la bonne syllabe. Même ici, bien calée au fond de l'exil, j'ai peur de pas faire comme il faut. Après les grands-mères, je ne croise que des chats et des pigeons. Parfois la perspective s'ouvre brutalement sur les montagnes qui encerclent le village. Paysage sans mesure, extravagant rappel de mon insignifiance. Des nuages d'orage s'écorchent sur les sommets. Je marche jusqu'à la lisière du village, sur une place où quelques bistrots sont torchonnés par les touristes. Le seul endroit accessible en voiture. Des Allemands à la peau rose et luisante dînent bien trop tôt, sirotent des Spritz tièdes, le soleil dans la gueule. Franchement à côté de l'italien, la langue allemande c'est les camions poubelles qui passent le soir dans les rues de Paris. Mauvais contraste. Je vais jamais dans ces bistrots. Je me contente du bar en bas de l'appartement et de ses clients qui se demandent ce que je fous là. Et puis leurs verres de vin sont immenses, à Paris ce serait deux verres.

L'épicerie est à moitié dans la pénombre quand j'entre. De la rue étroite ne filtre qu'un filet de lumière, et ça suffit. Pendant que je choisis quelques bouteilles, l'épicière me parle en anglais, blasée en seulement deux semaines de mon italien pourri. Elle est gentille. Elle glisse quelques grammes de parmesan en plus, c'est cadeau. Je crois qu'elle essaie de passer un message, quelque chose comme *si tu ne manges pas plus, tu vas mourir*.

Je dépose mes achats sur la table de la cuisine. Toile cirée rouge cerise dégueu. Je me sers un verre de cette bière italienne un peu acide que j'aime pas vraiment. En bas le gamin joue toujours au ballon, increvable. Ça résonne, les coups de ballon, les cris du gosse. Je lui souhaite une rupture d'anévrisme. Je bois. Je suis contente que l'épicière m'aime bien. Je devrais m'en foutre. Ça me donne envie de chialer. Ah tiens, la leçon de piano vient de commencer. J'aimerais savoir jouer du violon, du piano, quelque chose de beau, mais je n'ai aucun talent, à la place de me payer des cours mes parents m'envoyaient des claques. La bière est chaude, une mouche se noie dedans. Je voudrais savoir cuisiner. Je voudrais que quelqu'un me touche. Je voudrais être au calme pour de bon, pour toujours, pour partir. Je fais la paix avec les tonnes d'amertume bloquées sous la gorge. Je pense à mon homme mais pas à sa mort. J'imagine ma grande sœur heureuse. Désespoir, mais désespoir heureux. Je suis prête. Haut les cœurs ! Je ferme les yeux. Les cloches sonnent, ça cavale dans la vieille ville, c'est joli, c'est facile.

22 /

Je suis réveillée par, dans l'ordre d'arrivée, des cris, un bruit de casse, une porte qui claque, des cris. L'alcool d'hier tape la zone frontale, pas facile d'ouvrir les yeux. J'appuie mon coude sur l'oreiller pour me rehausser de deux-trois crans et me caler la vieille horloge de la chambre dans le champ de vision. Un peu plus de treize heures. On est seulement demain. Merde. Bon, le grand rêve de mon libraire tunisien, pour aujourd'hui on oublie. Comme quoi, il suffit pas de fermer les yeux pour mourir. T'en fais pas, ça viendra, ça viendra.

L'air est brûlant, il s'enfonce à travers les rideaux clos. J'ai transpiré. La peau du dos qui colle aux draps. La bouche pâteuse, le goût du vin séché contre l'intérieur des lèvres. Je m'étire. Tête qui tourne. Pas de surprise. Flacon d'alcool de menthe sous les narines. Verre d'eau, le bras en équerre au-dessus de l'évier. Tiède, l'eau. Visage sous le jet, dans la vaisselle sale. Vertèbres qui craquent, crépitement comme un feu d'artifice sous la peau. Encore les cris dans la rue, les cris de rage d'une femme. Ça me réactive le cerveau, *reset*. Je descends voir ce qui se passe. Je mets pas mes chaussures parce que la meilleure partie de l'été, c'est la pierre chaude sous les pieds. Tout le monde sait ça.

La place est cramée de lumière. La chaleur semble dilater l'espace. La place devient un amphithéâtre ébloui, alors qu'il doit y avoir dix mètres tout au plus entre mon immeuble et les trois autres éparpillés autour de la place, tous petits, tous bancals, aux murs tordus par l'âge. L'un est une ancienne prison. Deux geôles. Pas de fenêtres. Au moins ils doivent avoir de la fraîcheur là-dedans. Murs de plus en plus obliques. Par ici la symétrie a pris la tangente. Dans le coin à l'ombre, deux chats traînent dans la mousse sèche d'une fontaine hors d'état de marche.

La femme qui était au bar l'autre soir, celle qui n'a pas besoin de commander à haute voix, est là. Enfin, *là*, c'est vite dit : elle est effondrée sur l'escalier disloqué qui mène à la maison d'en face. Ses cheveux masquent son visage et son cou. Son bras droit est allongé sur la rambarde de l'escalier, comme si elle posait pour une pub de fringues, sauf qu'elle a l'air de ramasser sévère. Elle grimace, et de la main gauche elle se masse les tempes. Les poings glissent sur sa sueur. Un homme se tient debout à côté d'elle, une cigarette humectée aux lèvres. Il est catégoriquement beau, il a aussi catégoriquement l'air d'être un sale type. Il avance pour caresser la nuque de la femme. Elle le repousse, fissa. Le geste est violent. Il essaie de garder une certaine contenance, regarde ailleurs. Elle dit quelque chose comme *vous êtes tous les mêmes*, puis elle se lève, titubante, déesse abîmée, c'est ridicule toute cette beauté brisée, elle vole la cigarette des lèvres de l'homme, et l'écrase sous sa semelle. Petite vengeance. C'est déjà ça. Ils se dévisagent. Elle dit *je n'ai même pas envie de te donner une gifle*.

Je me dis que ça doit donc être ça, la fin de l'amour sans personne qui meurt. La passion expire une fois pour toutes, on est fatiguée, trompée, et on dit en italien qu'on n'a même pas envie de gifler l'autre. Comme quoi même quand les deux amants survivent, à la fin on s'effondre sur un escalier en plein cagnard.

La femme balaie la petite place du regard, ou de ce qu'il en reste une fois passées les larmes. Elle me voit. Je dois lui paraître grotesque, pieds nus à les regarder tous les deux consommer la dernière cuillerée de leur amour. Son visage est tendu par la douleur. Elle est encore plus belle comme ça. Froide au comptoir, brûlante dans la rue. Ça rime à rien, c'est comme ça c'est tout.

Elle se rapproche et elle me parle. Voix rauque, français parfait avec accent qui roule en sous-couche, menton levé comme pour un duel, cheveux dans la bouche. De la majesté à en crever. Peut-être qu'il en crèvera d'ailleurs, le bellâtre derrière elle.

– C'est toi la Française qui habite ici depuis le mois dernier ?

J'acquiesce, en faisant mécaniquement un pas en arrière. Trop de beauté d'un coup. J'ai l'impression de me prendre un mur. Elle s'est pas parfumée aujourd'hui, je me dis. Tant mieux, je me dis.

– Tu parles bien français.

– Ma mère est française.

Elle a dit ça comme si c'était évident, comme si tout le monde le savait de Naples à Turin. Elle montre du doigt la fenêtre de mon appartement.

– Tu vis là ?

– Oui.

– On t'a dérangée ?

– Non.

– On s'est disputés.

– J'ai cru comprendre.

Elle hausse la voix pour qu'il entende, pour que toute la petite place, ce théâtre minuscule, entende.

– On ne te dérangera plus. On ne va pas se revoir. Il vaut mieux être toute seule parfois. Tu vois ?

Son accent transforme tout en grande chanson gaie, même si là elle est encore à moitié en train de chialer. Je lui souris, je lui parle tout doucement. J'essaie de l'apprivoiser.

– Moi aussi je suis toute seule, alors oui je vois. Je vois très bien.

– En français, vous dites quoi ? L'enfer, c'est les autres ?

Je l'aime. Cette fille est putain de parfaite. Je lui réponds que peu de gens savent d'où vient réellement cette expression, c'est pas comme si l'homme moyen lisait Sartre au petit déj, et d'ailleurs l'homme moyen n'a plus le temps de lire, il peut à peine se payer une brique de lait. J'ajoute que, au fond, l'utilisation ignorante de cette phrase est bien aussi, parce que oui, l'enfer c'est les autres, il faut pas avoir inventé la fission nucléaire pour le sentir. Je l'avais fait tatouer sur mon bras, un soir de colère. En tout petit, comme si cette phrase c'était de la contrebande. Je lui montre le tatouage. Et puis je lui dis que je suis désolée qu'elle l'apprenne si tard, que moi cette détresse je l'ai ingurgitée à dix-huit ans, à la fraîche, un soir de pluie à Paris. Je lui dis que oui, bien sûr, aimer c'est se préparer à la terreur, qu'on y peut rien, qu'on est excités quand même, qu'on voudrait être nus et prendre quelqu'un par les hanches, et que l'été n'arrange rien.

– Oui. On est encore plus stupides l'été. On s'excite. C'est le soleil *che colpisce*… qui cogne ?

– Oui, qui cogne.

– Désolée pour le français, il est rouillé. Ma mère est repartie vivre dans le Veneto alors je ne l'utilise jamais.

– Le sois pas. Je tuerais pour avoir un accent comme le tien.

– Ma mère elle dit que c'est un accent pour allumer les garçons. On dit ça, allumer les garçons ? *Bruciare ?*

– On peut le dire. T'as toujours vécu ici ?

– Martin-Cassano, tu connais ?

Je fais signe que non.

– C'est la plus grande tuilerie du nord de l'Italie, c'est le nom de mes parents. Tiens, regarde.

Elle me guide vers le bord de la place, là où un escalier descend vers une petite rue tortueuse, aux pavés défoncés. À notre gauche, il y a le toit d'une des maisons de cette rue, juste à hauteur de visage. Elle me montre les briques du toit, je m'approche. C'est signé Martin-Cassano, en rouge clair sur rouge foncé.

– Toi, tu viens d'où ?

– Paris.

– Tu fais quoi ici ?

– J'ai un plan, un truc grandiose.

– *Anche tu, ti sei fumato il cervello.*

Ça l'emmerde, mon affaire, les plans, les idées, les théories et les rêves aussi. Elle se prend un *heartbreak* à midi, plein soleil, alors les grandes théories ça attendra. Elle se tourne vers l'homme, qui nous lâche pas de son regard bête depuis tout à l'heure. Je remarque qu'il y a une autre fille, plus jeune, dont le buste et le visage dépassent de la porte derrière lui. Le salaud. Le visage de la jeune fille dans l'embrasure de la porte est baissé, elle a honte. Celui de l'homme c'est différent, il y a une sorte de défi dans son regard. Il s'en fout. Il nage dans le sens du courant et il le sait.

Et je comprends là, à la verticale du soleil, que c'est partout pareil. Chagrins auto-infligés, parties de jambes en l'air la nuit et matins à lutter contre l'envie d'y passer pour de bon. Les romances déraillent. On se prend des trains dans la gueule. Je pensais que c'était peut-être mieux ici parce que je comprenais pas, comme une brute, comme une touriste. J'étais conne, j'étais folle, *fumato il cervello*, le cerveau calciné, comme elle dit.

Il y a un court silence. Elle dit quelque chose que je saisis pas à l'homme, qui répond par un bruit de bouche méprisant. Fin d'amour. Ça pue le calvaire. Leur histoire éclate comme une bulle de savon sur la pierre chaude de l'escalier. Et moi je suis rien qu'une touriste. J'ai bougé mais le monde est resté en place, il y a juste un peu plus de tombes, plus de réseaux, plus de fracas et plus de satellites. Touriste, touriste, touriste.

Soudain elle se retourne et fonce droit sur le type. Petit missile. Il a pas le temps de comprendre, il se prend une claque. Une claque de cinéma. Comme quoi elle a changé d'avis, finalement la gifle était une option valable. Ça résonne, mat et sec. Il encaisse, lâche un gros mot en italien, et se frotte la joue mais il arrête d'un coup, genre j'ai pas mal, je suis un vrai gars. Il ouvre en grand la porte de l'appartement derrière lui, l'autre jeune femme à l'intérieur l'attend. Ils ferment la porte à clé. Elle va le prendre dans ses bras, lui dire que nous deux dehors on est des connes, ils vont se servir un verre et se déshabiller, ils feront des choses, sans superbe, on en verra rien, la porte sera fermée. Dehors il fait une chaleur à se tirer une balle dans la tempe. La femme se frotte la main de la gifle en grimaçant.

Elle me regarde droit dans les yeux et réclame un café, comme ça, comme si elle était au comptoir, comme si j'étais son assistante. Et moi je dis quand même *oui, viens on monte*. En haut, dans mon petit appartement bien vide, elle inspecte, elle écoute, elle se demande sûrement ce que je peux faire ici, toute la journée. Il n'y a pas d'indice.

Les volets sont fermés mais il y a tellement de lumière dehors que l'appartement est transpercé par une clarté sanglante. C'est l'épicentre de l'été, et la femme enlève ses chaussures et se laisse tomber dans une chaise contre le mur de la cuisine. J'allume le ventilateur, ferme la porte de la chambre pour cacher le bordel. Je lui prépare un café. Charbon.

Je dis que je l'ai vue au bar l'autre soir. Elle dit qu'elle aussi m'a remarquée, que tout le monde ici m'appelle la petite Parisienne. Je demande ce qu'on raconte à propos de moi. *Rien. On ne te connaît pas. On sait que tu es là, c'est tout.*

D'une seconde à l'autre elle passe de l'attitude d'une enfant à celle d'une matriarche, et vice versa. Elle est insaisissable, puissante et complètement rompue. Je demande qui est le type en bas. Elle répond *mon amant principal.* Puis elle soupire, d'un soupir grand comme un continent.

Moi aussi je disais ça à Paris. Je disais que j'avais un garçon principal, et puis d'autres, secondaires, pour quand mon préféré partait en voyage ou travaillait trop. C'était surtout pour me protéger, je vais pas mentir. On me sondait pour savoir pourquoi je gardais tel ou tel garçon. Je disais *il m'amuse.*

Et si on parlait d'autre chose. Sa voix est de plus en plus grave. Elle cherche des miettes d'amour au fond des trémolos. Mais moi je me tais alors elle parle pour deux. Elle m'apprend que le village est idéal pour l'astronomie, qu'il est connu pour ça. Une histoire d'angles et de pollution lumineuse, ou plutôt de son absence. Le quart des rues portent des noms d'astronomes. J'avais pas remarqué. Pourtant j'ai la tête dans l'espace, et je veux lui dire que ça tombe bien, je veux lui parler des supernovas à effondrement de cœur, lui dire que c'est à la fois un effondrement et un rebond, que l'étoile rebondit,

rebondit avant d'exploser, mais j'ai pas le temps. Elle est repartie à toute bringue sur la tuilerie de ses parents. Quand elle était petite elle pensait que toute la poussière du monde serait rouge, claire et fine, comme celle de la tuilerie, du tablier du père et des chaussures des ouvriers, rouge, rouge. Elle pensait que toutes les maisons du monde étaient faites de tuiles. Rouge, rouge. Que l'usure serait toujours rouge, la peau toujours rouge le soir, les vêtements dans le lave-linge aussi, rouges, rouges. Elle dit qu'au final le monde n'est pas si rouge que ça.

Elle est épuisée. Je lui dis de boire le café, elle en a besoin, enfin je crois. Mais elle répond pas, elle finit par s'assoupir là, sur ma table, visage collé à la toile cirée rouge cerise toujours aussi moche. Mais au moins il y a du rouge, comme dans l'enfance de l'héritière Martin-Cassano.

Il y a quelques années ça m'aurait bouleversée ou séduite ou enragée ou les trois à la fois, de voir cette fille qui dégringole à cause d'un grand con qui la trompe. Mais là, au creux de ma grande énergie du désespoir, tout près de ce rêve qui m'attend, je prends à pleines mains la poésie de ce midi écorché, oui, les petits bouts de poésie qui viennent s'empiler comme les briques Martin-Cassano, poussière monochrome, mains dans la terre, cambouis sous les paupières, il avait raison mon mec, il avait bien raison. C'est pas de ma faute, les gens qui se quittent et s'écroulent sur les places des villages. Pas de ma faute. Les âmes en peine qui m'écrivent leurs derniers mots comme si j'étais leur infirmière. Pas de ma faute. Les belles inconnues qui s'endorment sur la toile cirée rouge cerise. Pas de ma faute. Moi je vais charpenter le monde suivant, et il n'y aura rien de tout ça.

Elle dort, la joue engluée à la toile par la sueur. Sa désolation me rappelle la mienne. Mais cette fois c'est pas moi qui encaisse, il y a comme une bascule dans la narration. Moi c'est fini, je suis prête pour le plongeon, bien droite sur le ponton, alors je peux bien lui tenir compagnie en attendant. Même si on va pas se mentir, j'ai la douleur en circuit fermé, ça s'arrête pas, ça se mate pas, mon mec me manque, ma sœur me manque, Damien me fait chier, mes vertiges m'assaillent, j'ai pas de corps à serrer contre le mien alors je demande encore, allez, viens, viens, le grand plongeon, le grand rêve, t'es trop loin t'es trop long, je me penche au balcon j'inspire un grand coup et je crie de toutes mes forces *c'est trop long!*

Elle sursaute. J'ai soudain envie d'être à Paris. Les grands boulevards, les corps qui s'agglutinent, les lumières des théâtres, l'odeur du métro, les gens qui s'écroulent à l'entrée des bars, l'asphalte givré, les déjections sur le trottoir, le klaxon tintant des bus, l'hiver tonitruant. Tout me manque. Tout me terrasse.

Elle dit qu'elle comprend pas pourquoi j'ai crié. Elle me regarde. Son amant principal, de retour sur la place, me regarde en tirant sur sa clope. Un des deux chats sur le rebord de la fontaine me regarde. Tout ce petit monde pose sur moi des yeux clairs de trop de mer. Je me dirige vers elle, au-dessus de la toile cirée, je prends son visage dans mes mains, un visage chaud, terrible. Je voudrais crier encore. Ses yeux sont immenses. Noirs. Non, bleus. Un peu noirs, un peu bleus. Je dis *tout me manque*. Elle demande *qu'est-ce qui te manque?*

Je sens mon cœur qui se contracte. Les semaines de solitude se distendent avec le boucan de mes pensées en désordre. Big bang d'appartement, fin d'exil, grand départ. Je lâche son visage beau et chaud, je devrais l'embrasser mais j'y arrive pas, et au lieu de ça je lui parle en continents entiers, en une traite, j'arrive à peine à respirer. Tête qui tourne, toujours. La petite bouteille d'alcool de menthe que je place sous mes narines toutes les trois secondes. J'ai probablement pas l'air très fine. Allez, allez. Je suis une supernova. Je chiale pas, je teste mes glandes lacrymales. Je suis une supernova. Grand rebond. Grand effondrement. C'est la même chose.

Je suis désolée, je t'ai réveillée. J'aurais pas dû crier. Rien ne me manque. Tout me terrasse, c'est tout. Mais je vais aller mieux. Tout me démange, tout me fracture. Mais ça va aller, tiens, je me sens déjà mieux. Pour la première fois de ma vie je sais grâce à qui je suis pas en perdition. Je le dois à un garçon, un gentil garçon, si on tolère que ça existe, et je l'aimais, vraiment. Tu l'aurais aimé aussi, pas le choix. Avec lui je me sentais invaincue. Tu reveux du café? Tiens. Il est tiède, mais il est bon. Il est noir comme le charbon. La vérité c'est que je vais aller bien, mais pas de temps en temps, non, tout le temps. Si tu veux je peux t'apprendre comment préparer le café-charbon. Attends, oublie le café, je nous ouvre une bouteille de vin. Si, si. Il fait chaud au cœur, tu verras. Tu sais, il y a qu'une chose que je déteste : le froid. Je comprends pas comment les gens font dans les Alpes ou en Sibérie. Comment on fait l'amour avec un corps froid comme un glaçon, tu sais, toi ? Ah, voilà. Ça fait du bien, le son de la bouteille de vin qu'on débouchonne, non ? Ma sœur, elle disait que c'était le meilleur bruit du monde. Attends, je goûte. Ouais, il est bon. Sinon je voulais te dire, il faut pas que tu sois triste, le mec, là, en bas, il est canon mais il a l'air bien trop con. D'ailleurs s'il te trompe c'est pas méchant c'est par bêtise. Si, si, c'est de la science, ça s'appelle le rasoir de Hanlon : Ne jamais attribuer à la malveillance ce que la bêtise suffit à expliquer. *Trouves-en un autre, d'amant. T'es magnifique, je me fais pas de mouron pour toi. Tu donnerais une érection à une fougère. Alors laisse tomber ce mec, il sert à rien. Ce qui compte c'est de l'oublier, on veut oublier les garçons très vite, mais on a pas la technologie pour ça donc on boit. Il est bon, hein ? Il est toujours bon le vin ici. Dans les supermarchés à Paris je tombais que sur des vins dégueulasses, ici ils sont toujours bons. Quoi ? Non, t'as pas de raison de partir maintenant, il fait trop chaud, tu vas pas sortir, tu vas choper une insolation. Tu vas aller t'allonger sur le lit et dormir. Si. Tu rêveras quelqu'un d'autre pendant trente, cinquante ans. Si. Si, je te le dis, écoute-moi, c'est la vérité. Tu vas rêver quelqu'un. Pendant des années. Je te le dis. Et moi aussi. Je rêverai un libraire à Tunis, un type super, toi un fleuriste à Séoul, coureur de jupons, des vies meilleures, quoi. Non, non, pars pas. Regarde, on va prendre ce couteau, là, au cas où il y ait des intrusions, des brigands pendant notre sommeil, on va aller dans la chambre et dormir. Mais non, n'aie pas peur. Je vais pas te faire de mal. Pars pas, je vais pas te tuer je te dis ! Je sais même pas où c'est, la jugulaire. Voilà. Tu vois, t'es mieux comme ça, allongée. Je disais donc, tu vas dormir cinquante ans, bien calée. Tes premiers mots dans le rêve seront* c'est pas de ma faute *parce qu'il faut que tu te souviennes, c'est pas de ta faute, ce qui arrive aux autres. T'en es pas responsable. Toi, ta mission c'est d'aller bien, c'est d'envoyer des coups de boule au chagrin, c'est d'inventer un monde plus juste, plus beau, en ciment ou en pâte à modeler, comme tu voudras. Intercepter le désespoir, celui qui sauve, celui qui te fait rire toute seule la nuit. Vas-y, répète après moi. L'énergie du désespoir. Ah, tu vois. Avec ton accent rital c'est tellement beau. Mais non, fais pas attention au couteau. Tu me promets de dormir toi aussi ? Promets-moi, allez, promets. Il faut regarder de l'avant, parce que derrière tout est triste. Parce qu'on se remet pas de ce qui nous casse dès l'amorce, parce qu'on est forcées à traverser le monde fissurées. Monde de mecs, monde bourré, monde avec des couilles. Nous on est fissurées. Des bouts de nous qui s'effilochent comme de la vieille mousse. Nos espoirs qui pixellisent jusqu'au noir. On se remet pas d'une chute, on apprend à y penser avec une sorte de grâce, c'est tout. On est bancales. Débrouille-toi avec ça. On est des tas de césures. Des sections initiales qu'on va trimbaler toutes nos nuits jusqu'à cette nuit qui sera la bonne et qui va nous envoyer rêver la suivante. Alors tu vois on a toujours ce désespoir vers le haut, seconde peau prête à l'emploi. Désespoir vers le haut. Ça tient chaud quand il faut. Haut les cœurs ! Il disait ça mon mec son dernier matin, haut les cœurs, et maintenant tu vas le dire aussi. Arrête avec ce couteau, plus t'en parles moins je le lâche. Tu vas dormir. Et puis tu te réveilleras. Ouais. Tu te réveilleras dans cet appartement à la fin du siècle, tu reconnaîtras la toile cirée rouge cerise, les chaises en bois, le balcon, tout sec. Tu te rappelleras que c'est l'appart de la petite Parisienne. Tu auras faim, puis soif, puis froid. Elle avait raison, tu diras ça d'une voix de rocaille, fatiguée après ces décennies à rêver la vie de ton fleuriste. Le vin de cette bouteille sera évaporé, le marc de café sera dur comme de l'inox, il te faudra des heures pour parvenir à t'accroupir, t'assoir, te lever. Tu tousseras, tu cracheras, tu te réveilleras. Ton corps aura rouillé. Moi ? Moi je dormirai encore, parce que j'ai un putain de long rêve à faire, avec des revanches en bouquets de douze. Les bouquets de ton fleuriste si ça se trouve. Toi, tu te seras réveillée. Fin de siècle. Tu seras effarée de devoir vivre encore, et oui, il faudra vivre encore, même après le rêve. Tu auras faim, puis soif, puis froid. Non, je lâche pas le couteau. M'énerve pas. Je te sauve. Tu le vois pas mais je te sauve. C'est froid sur la peau, ça fait du bien, non ? Au réveil tu oublieras le fleuriste mais tu te souviendras de moi, de ta famille, de tes amis et tes amants, du bel idiot là en bas et de tes amants secondaires et des ouvriers dans la tuilerie rouge de ton père, ils seront tous morts depuis longtemps et tu penseras* ils ont bien de la chance. *Toi, il faudra que tu vives. Sans sable dans la bouche, sans grande sœur, sans falaise, sans cœur, sans*

L'Escale, sans bicoque, sans Paris, sans café-charbon, il faudra bien que tu vives. Tu auras faim, puis soif, puis froid.

À mes parents,
à mon grand-père,
à mon cabanon,
à la Cité des Livres.

Mille mercis à Nathalie, Denis, Roxane, Héloïse, Koh et à la fin du monde qui par sa proximité m'invite à écrire.

Conception graphique et réalisation
Anne-Marie Bourgeois/m87design

Achevé d'imprimer
sur Roto-Page
par l'Imprimerie Floch
à Mayenne,
en janvier 2023

Dépôt légal
mars 2023
Numéro d'imprimeur
101836

Édition n° 1